The 더 로드 LORD

성진 게임 판타지 소설

GAME FANTASY STORY

성진 게임 판타지 소설

GAME FANTASY STORY

더 로드 1

성진 판타지 장편 소설

초판 1쇄 찍은 날 § 2009년 2월 20일
초판 1쇄 펴낸 날 § 2009년 2월 26일

지은이 § 성진
펴낸이 § 서경석

편집장 § 문혜영
편집책임 § 정서진
편집 § 서지현

펴낸곳 § 도서출판 청어람
등록번호 § 제1081-1-89호
등록일자 § 1999. 5. 31
어람번호 § 제1-1028호

주소 § 경기도 부천시 원미구 심곡2동 163-2 서경B/D 3F (우) 420-822
전화 § 032-656-4452 팩스 § 032-656-4453
http://www.chungeoram.com
E-mail § eoram99@chollian.net

ⓒ 성진, 2009

ISBN 978-89-251-1687-7
ISBN 978-89-251-1686-0 (세트)

성진 게임 판타지 소설
GAME FANTASY STORY

1

The LORD

더 로드

성진 게임 판타지 소설
GAME FANTASY STORY

도서출판 청어람

프롤로그

그것은 어디에도 존재한다.
그것의 숫자는 무한하다.
그리고 지금 이 순간에도 그것은 꾸준히 생성되고 있다.
당신의 노트 한구석, 또는 몇 바이트의 문서 한구석에서 그
것이 만들어진다.

신(神)?
그건 무척이나 추상적이지만 때론 지극히도 현실적인 단
어가 된다.

간절한 갈망은 기적을 만들고, 기적은 결코 만들어질 수 없
는 연결 고리를 만든다.

연결 고리… 연결 고리…….
이어질 수 없는, 하지만 이어진 연결 고리.

그렇게… 나는 지존이 되었다.

CHAPTER 01
계약

....
....
머리가 아프다.
어떻게 된 거지?
왜 이렇게 머리가 아픈 거야?
난 살며시 두 눈을 떴다.
휘청.
어지럽다.
세상이 도는 것 같다.
털썩.

나는 자리에 주저앉았다.

왜 이렇게 어지럽지? 어지러운 이유가 있을 텐데?

술? 그래, 술을 마셨구나.

난 내 눈앞에 보이는 수많은 술병을 보며 내가 지금 어지러움을 느끼는 이유를 알 수 있었다.

근데 무슨 술을 이렇게 많이 마신 거지?

도대체 여긴 어디야?

머리가 깨질 듯이 아파왔다. 정신을 잃었던 것인지 뭐가 뭔지 하나도 모르겠다.

난 주변을 둘러보았다.

이곳이 어디인지 알 필요가 있었다.

WISH.

내 눈에 술집 이름으로 보이는 간판 같은 것이 들어왔다.

'위시? 아, 내가 자주 오는 단골 술집이었지.'

그 간판을 보는 순간 내 머릿속에는 단골 술집이라는 단어가 떠올랐다.

하지만 아직도 내 머릿속은 완전히 뒤죽박죽이었다.

근데 내가 왜 이렇게 술을 많이 마신 거지? 이건 정말 죽으려고 작정하고 마신 것 같은 양이잖아?

얼핏 보이는 술병만 수십 개였다.

그리고 흔적을 보니 자리에는 나 혼자만 있었던 것 같다.

왜?

내가 왜 이렇게 술을 많이 마셨는지 잘 생각이 나지 않았다.

머릿속은 누군가 강제로 기억들을 섞어놓은 것 같았다.

어지럽고, 제정신을 찾기 힘들었다.

무지막지한 양의 술은 나의 정신을 완전히 뒤섞어놓은 느낌이었다.

'왜? 왜? 왜?

머릿속에 한 가지 단어만 계속 울려 퍼졌다.

'The One.'

더 원? 이게 질문에 대한 대답인가?

아! 그렇다.

대답이 맞았다.

난 'The One' 이란 것을 알고 있었다.

그것은 게임이었다.

내가 죽자고 매달려 즐겼던 게임.

내 인생의 대부분을 차지하고 있던 것, 하지만 그와 동시에 나를 참 힘들게 한 존재.

'맞아, 난 힘들어서 술을 마셨지.'

힘들었던 생각이 나기 시작하자 다시 머리가 깨질 듯 아파왔다.

"크윽."

난 양손으로 머리를 감싸며 테이블에 엎드렸다.

　가슴속 깊은 곳에서 수많은 안 좋은 감정들이 스멀스멀 기어나온다.

　난 지금 후회하고 있다.

　어리석었던 과거의 나를 향해 '멍청한 놈'이라고 외치고 있다.

　바꾸고 싶었다.

　하지만 그건 불가능했다.

　이미 물은 엎질러졌고, 난 그 물을 다시 담을 수 없었다.

　이대로, 결국 이대로 난 지금의 나에 만족해야 했다.

　모든 게 뒤죽박죽이었던 머릿속이 조금씩 정리되기 시작했다.

　술이 깨는 건가?

　그건 아닌 것 같았다.

　그냥, 그냥 정리가 되기 시작했다.

　그리고 바로 그때, 나에게 '그'가 말을 걸었다.

CHAPTER 02
신, 아니, 악마는 존재했다

The 더 로드
LORD

나는 살며시 눈을 떴다.

그리고 주변을 살펴보았다.

그렇게 술을 마셨는데 숙취가 전혀 느껴지지 않았다.

또한 난 내가 방금 전까지 술을 마시던 술집이 아닌, 나름대로 평범하다면 평범한 내 방에 앉아 있었다.

그것도 그냥 내 방이 아니었다.

확실한 내 방이지만 많은 것이 다른 내 방.

상식적으로 말이 되지 않았지만 어쨌든 지금 나는 돌아와 있었다. 내가 살아오면서 가장 치명적인 선택을 했다고 생각한 그때 그 순간으로……

"꿈은 아니지?"

나는 내 볼을 꼬집으며 중얼거렸다.

분명 통증이 있었다.

환상이 아니었다. 머릿속에서는 이게 꿈일 것이라고 계속 외쳤지만 모든 건 현실이었다.

괴리감, 난 순간 현실과 환상의 괴리감 때문에 멍한 표정으로 가만히 앉아 있었다.

"설마 진짜로 존재하는 건가……."

'WISH', 그 술집에서 갑자기 내 앞에 나타났던 괴상한 남자를 떠올렸다.

검은색 양복에, 검은색 중절모를 쓰고 있던 이상한 남자. 갑자기 나타난 그는 나에게 이상한 말을 했다.

그것은 일종의 제안이자 계약이었다.

물론 당시에는 황당하고 어이없는 엉터리 제안이었다.

"당신은 살아오면서 가장 후회스럽던 그때로 돌아갈 수 있다면 다시 돌아가시겠습니까?"

그의 물음에 나는 별로 생각하지도 않고 대답했다.

"물론이지! 그럴 수만 있다면 난 무슨 짓이라도 하겠어!"

당연한 대답이었다.

"그렇다면 제가 제안을 하나 하죠. 당신이 생각하는 가장 후회스럽던 그때로 당신을 돌려드리겠습니다. 단, 조건이 있습니다. 만약 당신이 세월이 흘러 다시 오늘이 되었을 때도 여전히 지금과 같은 감정을 가지고 있다면… 전 당신의 영혼을 갖겠습니다. 어떤가요, 제 제안이?"

그는 아주 작게 미소 지으며 나에게 제안을 했다.
아주 엉터리 제안을. 하지만 나는 왠지 그 제안이 무척 마음에 들었다.
당연히 말도 되지 않는 제안이었지만 나는 또 별로 고민하지 않고 내답했다.

"그럴 수만 있다면 난 실마 당신이 악마라고 해도 그 제안에 응하겠어!"

난 그만큼 간절했다.
되지도 않을 제안에 흔쾌히 응할 만큼.
물론 그때까지 그 제안은 분명, 되지도 않을 엉터리 제안이었다.
그러나 지금은 아니었다.

내가 제안에 응한 그 순간 그 검은 옷의 남자는 고개를 끄덕이며 중얼거렸다.

"그럼 우리의 계약은 성립되었습니다."

그리고 나는 갑자기 어지러움을 느끼며 아주 잠깐 정신을 잃었다.

그 후는 더 이상 얘기할 필요가 없었다.

난 곧장 이상한 향기를 잠시 느끼곤 곧장 바닥에 쓰러졌고, 정신을 차려보니 내가 진짜로 지금까지 살아오면서 가장 후회하고 또 후회했던 그 순간으로 돌아와 있었기 때문이다.

홀로그램 모니터에 떠 있는 한 줄의 기사.

[DH소프트가 곧 출시할 예정인 가상 현실 게임, 과연 성공할 수 있을 것인가?]

예전의 나는 이 기사를 읽고 당연히 DH소프트의 도전은 실패할 것이라고 예상했다.

나도 한때 가상 현실 쪽에 관심을 가졌었기 때문에 가상 현실이란 게 얼마나 구현하기 힘든 것인지 잘 알았다.

실제로 DH소프트 이전에도 몇 개의 대형 게임 회사가 가상 현실 게임에 도전한 적이 있었다. 그리고 당연히 그 몇 번의 도전은 전부 완벽한 실패로 끝났다.

그래서 나는 당연히 DH소프트의 도전은 무모한 것이고 결국 가상 현실 게임은 한 십 년은 더 있어야 제대로 서비스될 수 있을 것이라 믿었다.

하지만 나의 그런 생각은 완전히 빗나갔다.

지금은 그 결과를 알기에 이렇게 생각할 수 있지만 시간을 거스르기 전의 나는 그 결과를 몰랐기에 너무나 치명적인 실수를 저질렀다.

"성공한다. 아니, 그냥 성공하는 게 아니라 초대박을 치지."

그냥 성공이라고 말하면 엄청 섭섭할 정도의 초대박.

앞으로 4개월 후에 출시될 DH소프트의 가상 현실 게임 'ONE'은 출시 후 삼 년 만에 세계의 모든 게임 시장을 장악하고 그 뒤로도 계속 성장을 해 칠 년 뒤에는 DH소프트야말로 명실상부한 세계 최고의 기업이 된다.

DH소프트가 내놓은 초대박 게임 'ONE', 그것은 시대를 초월한 엄청난 게임이었다.

물론 'ONE'이 출시와 동시에 대박을 친 건 아니었다. 오히려 출시를 하고 몇 달간은 역시 가상 현실 게임은 아직 부족하다는 평이 많았다.

하지만 출시되고 정확히 다섯 달 후 오픈베타와 함께 이루어진 대규모 업데이트는 'ONE'을 진정한 환상이라 부르게 해주었다.

그때부터 입소문을 타며 급속도로 유저 수를 늘려가게 된 'ONE'.

하지만 난 그 와중에도 무려 일 년이 지나도록 그 'ONE'을 평가절하하며 계속해서 치명적인 오류를 범했다.

현실에서 일 년이면 게임 속에서는 무려 삼 년이었다.

그렇게 일 년이 지난 후 'ONE'이 세상에 존재하는 모든 게임을 제치고 최고의 자리에 올라섰을 때 난 비로소 내가 얼마나 오만한 판단을 했는지 깨달았다.

그때부터 난 부랴부랴 'ONE'에 대한 연구를 시작했다. 내가 보통 게임의 지존 자리에 오르기까지는 늘 치밀한 연구가 밑바탕이 됐었다.

나는 일단 게임을 분석하고 그 게임에서 가장 가능성이 많이 보이는 쪽에 모든 정신을 집중해 캐릭터를 육성시켰다.

난 이 방식으로 무려 열 개의 게임에서 흔히 말하는 '지존'이 되었다.

난 부유한 집은 아니었지만 나름대로 유복한 중산층의 집안에서 태어났다. 그리고 스무 살이 되었을 때 곧장 집에서 나왔다.

난 어릴 때부터 자립심이 강하고 머리가 똑똑했다.

물론 똑똑한 머리 덕분에 공부도 어느 정도 했지만 솔직히 나는 공부에는 취미가 없었다.

스무 살에 독립한 나는 부모님의 도움을 받지 않기 위해 여러 가지 아르바이트를 시작했고, 그렇게 번 돈으로 투자를 했다.

물론 그 투자는 내가 당시부터 가장 자신있어하던 게임에 했다.

그 뒤로 몇 년간 수많은 게임을 전전하며 내 나이 또래는 상상도 할 수 없을 만큼의 돈을 벌었다.

돈이 돈을 부른다고 했던가?

한번 쌓인 돈은 좀처럼 줄지 않았다. 오히려 돈은 더 많아졌다.

그때부터 나는 본격적으로 내가 가장 원하는 일을 하기 시작했다.

지존의 길.

나는 세상의 어떤 것보다 게임이 중요했다.

이런 나를 남들은 폐인이라 부를지 모르지만 그건 상관없었다.

'즐겨라. 인생의 모든 것을 걸고 즐겨라!'

이것이 나의 좌우명이자 내가 살아가는 삶의 가치관이었다.

난 그렇게 지존으로 군림했다.

돈은 딱 적당한 정도만 유지하면 그만이었다.

중요한 건 '내가 얼마나 즐길 수 있고, 얼마나 위로 올라갈 수 있느냐'였다.

내 나이 서른넷. 나는 내가 그토록 원했던 삶을 살지 못했다.

처음에는 좋았지만 마지막 칠 년은 지옥 그 자체였다.

나에게 지옥을 선물한 게임은 'ONE'이었다.

남들보다 일 년을 늦게 시작한 대가는 너무나 컸다. 나는 보통 사람은 상상도 할 수 없을 정도로 치열하게 노력했다.

연구하고, 분석하고, 몰입하고……. 내가 칠 년간 'ONE'에 쏟아부은 정성은 말로 설명하기 어려울 정도였다.

하지만 결과적으로 그렇게 노력했음에도 나는 'ONE' 통합 랭킹 10,000위 안에도 들어가지 못했다.

10,004위. 그게 내가 칠 년간 죽어라 노력한 끝에 만들어낸 한계 수치였다.

아무리 전 세계 1억 유저가 즐기는 'ONE'이라지만 한때 지존육성머신이라 불리던 내가 칠 년 동안 온몸을 불태우며 전력을 다해 노력했건만 겨우 10,004위까지밖에 올라가지 못했다.

나는 좌절했다.

그리고 그 좌절은 늘 나를 괴롭혔다.

"이것이 꿈인지 환상인지 그것은 중요하지 않다."

나에게 환상 같은 기회가 다시 찾아왔다. 그리고 나는 그 기회를 놓칠 생각이 전혀 없었다.

"사 개월 남았나? 이러고 있을 시간이 없다!"

나는 재빨리 또 하나의 홀로그램 창을 열었다.

하얀 바탕에서 깜박이는 검은 점, 문서작성 창을 연 나는 조용히 호흡을 가다듬으며 복잡한 머릿속을 정리했다.

그리고 곧장 가상 입력 장치에 양손을 집어넣고 글을 쓰기 시작했다.

2110년 2월 9일, 'ONE' 클로즈베타 시작.

…….

…….

나는 기록을 해야 했다. 아직은 머릿속에 남아 있는 수많은 게임 정보와 아주 큰 사건, 사고들, 그밖에 아주 유용하게 쓰일 수 있는 많은 정보들.

그 모든 것을 잊어버리기 전에 기록으로 남겨둘 필요가 있었다.

"난 더 이상 후회하지 않는다."

아무리 사소한 정보라도 모조리 기억 속에서 끄집어내어 기록을 할 생각이었다.

앞으로 내가 갈 길은 지존의 길이다.

적도 친구도 모두 무시할 수 있는 존재.

‘일인무적군단’, 그것이야말로 내가 꿈꾸는 최종 목표였다.

난 충분히 그렇게 될 수 있었다.

자신도 있었다. 내가 가지고 있는 이 수많은 정보라면 나는 충분히 그 누구도 이룩하지 못한 ‘ONE’의 지존이 될 수 있었다.

모든 거래가 완료되었습니다. 이용해 주셔서 감사합니다.

띠릭.

나는 아주 간단하게 마지막 준비를 끝냈다.

“훗, 이걸로 나도 벼락부자가 된 건가?”

웃을 수밖에 없었다.

부자가 되길 원한 건 아니었지만 너무나도 쉽게 부자가 되자 헛웃음이 나왔다.

마지막 준비는 바로 내가 가진 전 재산으로 DH소프트의 주식을 사는 것이었다.

의외로 미래의 나와 다르게 지금의 나는 돈이 좀 있었다. 특히 이 시점에서 하고 있던 게임을 완전히 정리하자 상당한 액수의 돈이 생겼다.

비록 칠 년 뒤의 나는 이 비축했던 돈을 거의 써버려 거지나 다름없었지만 중요한 건 지금은 꽤 돈이 있다는 사실이었다.

덕분에 나는 상당량의 DH소프트 주식을 매입할 수 있었다.

이 주식은 불과 몇 년 사이에 엄청나게 변할 것이다.

그리고 그 변화는 나에게 앞으로 돈 생각은 하지 않아도 되게 만들어줄 것이다.

그걸로 만족했다.

솔직히 돈을 원했다면 지금 당장에라도 조금만 노력하면 더 많은 돈을 만질 수 있었다.

하지만 내가 원하는 건 돈 같은 종이 쪼가리가 아니었다.

돈은 단지 여유롭게, 그리고 좀 더 게임 속에서 원활한 지존의 길을 걷게 해주는 도구 같은 것일 뿐이었다.

어차피 나에게 가장 중요한 건 가상 현실이었다. 돈은 다른 사람들은 모르는, 나만 알고 있는 이 한 가지 정부만으로도 엄청 벌 수 있었다.

"이걸로 일단 기본적인 준비는 끝난 건가?"

엄청난 양의 정보를 기록으로 남겼다.

그리고 오로지 게임에만 집중할 수 있을 만큼의 자금도 마련했다.

이제 남은 건 앞으로 남은 사 개월 동안 조용히 때를 기다리며 몇 가지 마무리 준비를 하면 되었다.

*　　*　　*

"그동안 수고하셨습니다."

나는 가볍게 인사를 하고 검도 도장 밖으로 나왔다.

오늘로써 이곳과도 안녕이었다. 이곳뿐만 아니라 고난위도 수학을 속성으로 배우던 곳과도 안녕이고, 논리적으로 말하고 생각하는 것을 배우던 학원과도 안녕이었다.

그뿐인가? 검도 도장, 합기도 도장, 택견 도장, 종합 격투기 도장 등등 하루 24시간이 모자라도록 쪼개고 쪼개서 배우던 모든 것들과 모두 안녕이었다.

사 개월 동안 나는 'ONE' 에 가장 적합한 몸과 두뇌를 만들었다.

비록 지금은 아무도 증명하지 못했지만 약 오 년 뒤 현실에서의 능력이 아주 약간은 가상 현실에 작용하는 경우도 있다는 연구 발표가 날 것이다.

난 그 발표에 났던 자료를 바탕으로 내 몸을 내가 생각하는 'ONE' 에 가장 적합한 상태로 만들었다.

"준비는 끝났다."

내일이면 'ONE' 클로즈베타 당첨자가 발표된다.

나는 솔직히 이 부분에서만큼은 그다지 기대를 하지 않았다.

비록 가장 확률이 높았던 것으로 기억되는 웹사이트를 찾아 클로즈베타 신청을 해놓은 상태였지만 될 것이라는 보장은 없었다.

다른 건 몰라도 이것만큼은 순전히 운에 맡길 수밖에 없었다.

"뭐, 클로즈베타가 아주 중요한 건 아니니까."

된다면 그것이야말로 아주 좋은 일이겠지만 되지 않아도 상관없었다.

이미 모든 경우의 수에 대한 준비를 끝낸 후였기에 클로즈베타에서 떨어져도 대안은 있었다.

"일단은 기다려 봐야겠군."

남은 시간은 정확하게 18시간 38분 21초.

난 그 시간 뒤 내가 계획한 'Plan A'와 'Plan B' 중 하나를 선택할 생각이었다.

＊　　　＊　　　＊

Plan A.

이미 나에게 한 번의 기회가 더 주어진 그 시점부터 어쩌면 행운의 여신은 나의 편인지 몰랐다.

클로즈베타 테스터에 당첨되었다.

이것은 결국 나에게 가장 좋은 시나리오인 'Plan A'를 시작하라는 얘기였다.

"정말 신, 아니, 악마는 존재하는군."

지금에 와서 생각하면 그때 나에게 제안을 한 그 남자는 악마임이 분명했다.

나는 그 악마와 계약을 했다.

하지만 두렵지 않았다.

악마와의 계약 따위보다는 나락에 빠져 좌절한 내 모습을 상상하는 게 더 두려웠다.

"이제 실패는 없다."

악마와의 계약 따위는 웃으면서 할 수 있었다.

나는 불타올랐다.

'ONE', 이제부터 내 인생의 모든 것을 이곳에 건다.

"나는 지존이 된다."

일인무적군단, 그것은 결코 이룰 수 없는 환상 같은 것이 아니었다.

지존이 길, 그 시작은 바로 지금부터였다.

CHAPTER 03
클로즈베타 서비스

‘ONE’ 이라는 게임에 대해 현 시점에서 나보다 잘 알고 있는 이는 아무도 없었다.

어쩌면 심지어 개발자들도 나보다 모를 수 있었다.

정확한 정보는 아니었지만 ‘ONE’ 이 시대를 초월해 엄청난 가상 현실 게임으로 성장한 건 개발자들의 노력이 아닌, 아주 우연한 개발자들의 실수 때문이라는 소문이 있었다.

그 소문은 이러했다.

‘ONE’ 의 메인 AI인 ‘일루젼(Illusion)’ 은 원래 군사용으로 개발된 특수 인공지능 프로그램이었다.

하지만 우연한 계기에 DH소프트는 그 프로그램을 손에 넣었고, 그것을 토대로 'ONE'을 만들었다.

그런데 이 과정에서 한 개발자가 아주 치명적인 실수를 저질렀다. 그는 일루전에 당시 치명적인 바이러스라고 소문난 에이션트 웜(Ancient Worm)을 감염시키는, 말도 되지 않는 실수를 범한 것이다.

그 결과, 난리가 났다.

모든 개발자가 일루전을 폐기해야 할 것이라 예상했다. 하지만 일루전과 에이션트 웜이 만난 그 순간, 기적이 일어났다.

에이션트 웜을 일루전이 집어삼키며 놀라운 변신을 했다. 그건 변신이 아니라 진화였다.

일루전은 그때까지 기술로 전혀 감도 잡지 못하고 있던, 스스로 생각하는 인공지능으로 발전했다.

그때부터는 모든 게 수월하게 풀려갔다.

일루전은 'ONE'을 가상 현실 이상의 세계로 새롭게 재탄생시켰고, 그 결과 'ONE'은 환상 그 자체가 되었다.

여기까지가 내가 알고 있는 소문의 전부였다.

내가 시간을 거슬러 오르기 바로 얼마 전에 DH소프트에서 퇴사한 한 개발자의 자서전에는 그 소문이 틀림없는 진실이라고 나와 있었다.

물론 DH소프트는 그 자서전의 내용을 근거없는 이야기라고 발표했지만 내가 봤을 때 소문은 분명 진실이었다.

어쨌든 소문이 사실이든 아니든 간에 'ONE'은 분명 엄청

난 게임으로 성장할 것이다.

그리고 그 시점은 클로즈베타가 아닌 오픈베타부터였다.

그렇다면 난 왜 클로즈베타 테스터에 당첨되는 것을 원했던 것일까?

그것의 해답은 바로 지금 내가 하고 있는 이 일에서 찾을 수 있었다.

초기의 'ONE'의 접속은 기존에 존재하던 가상 인터넷 단말기를 이용한 간단한 방식이었다.

물론 시간이 약간 흐르고 오픈베타를 시작하면서 점점 'ONE'의 전용 단말기가 등장해 그 후 반년 만에 'ONE' 전용 캡슐용 접속기기가 등장하지만 그건 나중의 일이었다.

한 쌍의 장갑과 한 개의 단순한 헬멧으로 이루어진 가상 인터넷 단말기를 이용한 접속 때문일까?

클로즈베타에서의 'ONE'은 거의 최악이었다.

좀처럼 극복되지 않는 울렁증부터 완전히 가상이라는 게 느껴지는 세계, 그리고 기계보다 더 기계 같은 NPC(Non—Player Characters)들은 플레이어들을 전혀 가상 현실에 몰입할 수 없게 만들었다.

"이 정도일 줄은 몰랐는데… 하긴, 내가 초반 반응만 보고 그토록 치명적인 실수를 할 정도였다면 이 정도는 돼야지."

실제로 해보니까 왜 내가 그때 그런 실수를 저질렀는지 어느 정도 이해가 되었다.

'ONE'의 초반 평가는 아주 극악 중에 극악이었다.

도저히 게임이라고 봐주기 힘들다는 평이 줄을 이었고, 사람들은 DH소프트가 망할 것이라고 단언했다.

그러한 소문 때문에 초기의 DH소프트는 경영난까지 겪을 정도로 어려운 시기를 보냈다.

나는 살짝 '차라리 주식을 지금 살 걸 그랬나?' 하는 생각도 했지만 뭐 어차피 그렇게 차이도 나지 않고 괜히 주식에 신경 쓰는 것도 귀찮았기 때문에 계속 생각하지 않았다.

지금 중요한 건 주식 따위가 아니었다.

정말 거지 같은 울렁증을 계속 참으며 나는 땅을 파고 또 팠다.

'ONE'은 자유도가 매우 높은 게임이었다.

특별히 몇 가지 직업이 정해져 그것을 선택하는 그런 게임이 아니었다.

'ONE'에는 수를 셀 수 없을 정도로 많은 직업이 존재했고, 사람들은 직접 플레이를 하며 특별한 계기나 인연을 통해 그 직업들을 선택할 수 있었다.

그것은 전적으로 플레이어가 게임 속에서 어떤 행동을 주로 하느냐에 따라 결정되는 경우가 많았다.

물론 특별한 퀘스트를 깨거나 특별한 조건을 만족시켜서 남들보다 조금 더 특수한 직업을 얻는 경우가 있었지만 그 경우는 분명 좋은 만큼 큰 페널티가 존재했다.

실제로 내가 기억하는 'ONE'의 칠 년 후 상위 통합 랭킹 순위에는 그 특수한 직업은 극소수일 뿐이었다.

오히려 특수하지 않은 여러 직업이 대부분의 상위 랭킹을 차지하고 있었다.

그렇다면 난 특수한 직업에는 관심이 없는 걸까?

아니었다.

나는 매우 특수한, 아주 특이하면서 특별한 직업에 관심이 있었다.

나는 특수한 직업이 대성하기 힘들다는 점을 알면서도 아주 특수한 직업 한 가지를 머릿속에 새겨놓고 있었다.

내가 원하는 것은 그저 그런 상위 랭커가 아니었다.

일인무적!

일인군단!

나는 진정한 지존이 되길 원했다.

지존이 되기 위해서는 준비가 필요했다. 그 준비를 위해 난 클로즈베타 서비스 기간 동안 잠과 휴식 시간을 최대한 배제하고 한 가지를 얻어야 했다.

스킬?

아니었다.

어차피 스킬은 올리고 싶다고 해서 그리 쉽게 올라가는 것도 아니었다.

특히 스킬 숙련도 같은 건 아주 극악의 상성을 자랑하고 있었다.

‘ONE’에서 한 사람이 배울 수 있는 스킬의 종류 수는 무한대였다.

원한다면 모든 스킬을 배울 수 있었다.

자신이 마법을 주력으로 사용하는 마법사 계열 직업을 지녔다고 해도 검술 스킬, 격투 스킬을 얼마든지 배울 수 있었다.

그뿐인가?

각종 모든 생산 스킬도 다 배울 수 있었다.

하지만 배운다고 다는 아니었다.

누구나 그 어떤 스킬이라도 배울 수 있는 기회가 주어졌다. 그리고 그 스킬의 숙련도를 올릴 수도 있었다.

그렇지만 숙련도를 올린다고 모든 게 끝나지는 않았다.

스킬의 숙련도는 한 번 올려놓으면 그 수치가 계속 유지되는 것이 아니었다.

사용하지 않는 스킬의 숙련도는 주기적으로 감소했다. 그리고 각 스킬들은 상성이란 것을 가졌기에 A라는 스킬의 숙련도를 올렸을 때 B라는 스킬의 숙련도가 떨어질 수 있었다.

대표적인 것들을 예로 들자면 ‘검술 이해’와 ‘마법 이해’라는 기본 스킬들을 꼽을 수 있다.

앞에서 말한 것처럼 두 스킬 모두 배울 수는 있었다.

하지만 검술 이해의 스킬 숙련도가 상승하면 마법 이해 스킬 숙련도는 하락했다.

반대로 마법 이해 스킬 숙련도가 상승하면 검술 이해 스킬 숙련도는 하락했다.

작용과 반작용.

‘ONE’ 에는 이러한 상성 시스템이 수없이 많이 존재했다.

덕분에 ‘ONE’ 에서는 만능 캐릭터라는 것은 존재할 수 없었다.

단지 누가 얼마나 더 많은 스킬을 조화롭게 익혔느냐가 중요했다.

자신이 가진 직업만큼이나 중요한 스킬의 조합.

그렇기에 ‘ONE’ 의 유저들은 늘 자신만의 직업과 스킬 조합을 가지기 위해 노력했다.

“후후, 직업과 스킬 소합. 많은 사람들이 늘 이 두 개를 놓고 수없이 떠들었지.”

아직은 아니지만 앞으로 가장 큰 ‘ONE’ 의 커뮤니티 장소가 될 곳에서 늘 시끌시끌했던 게시판이 바로 직업과 스킬조합에 대해 얘기하는 곳이었다.

무엇이 최고다.

어떤 스킬 조합이야말로 궁극의 조합이다.

수많은 토론이 오고 간 그곳.

나 역시 그곳에서 많은 연구를 했던 사람이다.

그 덕분에 나는 나름대로 내가 생각한 최고의 직업과 스킬 조합을 머릿속에 그릴 수 있었다.

물론 예전의 나는 그것을 내 스스로 실현할 수 없었다.

하지만 지금은 다르다.

나는 충분히 내가 단지 생각하기만 했던 그 최고의 직업과 스킬 조합을 실현할 수 있었다.

하지만 그건 모두 클로즈베타 서비스가 끝나고 이어질 유료 서비스에서 해야 하는 것들이었다.

지금 해야 하는 일은 따로 있었다.

클로즈베타 서비스에서 내가 할 일은 오로지 하나.

바로 훗날 모든 유저들에게 진정한 전설의 초희귀 유니크 타이틀이라 불릴 그것을 따는 것이었다.

'ONE'에는 수많은 타이틀이 존재한다.

그리고 그 타이틀은 무척이나 많은 효과를 지니고 있다.

어떤 타이틀은 특정 능력을 올려주기도 했고 어떤 타이틀은 특별한 스킬을 사용할 수 있게 해주었다.

그뿐인가?

어떤 타이틀은 그저 몸을 은은하게 빛나게 해주었고, 또 어떤 타이틀은 특정 몬스터와 친하게 지낼 수 있게 해주기도 했다.

무궁무진한 종류의 타이틀.

덕분에 'ONE'에서 타이틀은 무척이나 중요한 요소가 되었다.

내가 이번 클로즈베타에서 얻으려 하는 건 그 타이틀 중 하나였다.

오로지 클로즈베타에서만 등장했던 한 개의 타이틀. 내 그 전 게임 인생에서는 그 타이틀을 소유한 이가 한 명도 없었다.

시간이 흘러 그저 소문으로만 떠돌았을 뿐이다.

그래서일까?

원래 그 타이틀은 등급상으로는 최상급(S급) 타이틀이었지만 나중에는 최상급 타이틀을 넘어서 진정한 레전드 타이틀(SSS급)이라 불렸다.

물론 무조건 희귀해서 SSS급으로 분류된 건만은 아니었다. 그 타이틀이 가지고 있는 효과가 알려진 것보다 더 대단했기 때문에 그 타이틀은 SSS급으로 분류될 수 있었다.

더 로드(The Lord).

이것이 그 타이틀의 이름이었다.

예전 생에서도 절대 등장하지 않았던 타이틀.

그와 비슷한 엠페러(Emperor)나 마스터(Master) 같은 타이틀은 많은 이들이 획득했지만 유일하게 더 로드라는 타이틀은 그 모습을 보여주지 않았다.

사실 그런 타이틀이 있다는 것 자체가 알려지게 된 게 우연이었다.

'ONE'이 오픈하고 오 년이 지났을 때 우연히 개발자 몇 명이 인터뷰를 하다 실수로 흘린 말 때문에 그 존재가 밝혀진 타이틀 '더 로드'.

하지만 그 획득 조건이 클로즈베타 때뿐이었다는 사실은 유저들에게 큰 절망을 안겨주었다.

오로지 클로즈베타에서만 등록할 수 있는 초희귀 타이틀, 내가 계속해서 초희귀라는 말을 괜히 강조해서 하는 게 아니었다.

어쨌든 결국 난 아주 희박한 확률로 얻을 수 있는 타이틀을 얻어야 한다는 소리였다.

얼마나 힘들까?

당연히 굉장히, 아주 굉장히 힘들다.

하지만 그래도 난 꼭 얻고야 만다. 내가 가진 정보들, 그리고 내가 가진 감각.

그 두 가지라면 충분히 할 수 있다고 믿는다.

아자!

난 할 수 있다고!!

*　　　*　　　*

"키엑!"

털썩.

떨어지는 오크의 머리.

붉은 피 대신 하얀 빛 가루가 흩날리며 오크가 쓰러졌다.

게임 시스템은 별로 친절해 보이지 않는 음성으로 레벨이 올랐음을 알려주었다.

클로즈베타 서비스를 이용하면 할수록 왜 사람들이 초기 'ONE' 의 클로즈베타 서비스 때 극악의 평가를 내렸는지 알 수 있었다.

이곳은 내가 알던 그 'ONE' 의 세상이 아니었다.

모든 것이 부족하고 모든 것이 마음에 들지 않았다.

"이런 게임이 어떻게 그런 게임으로 변할 수 있지?"

난 이젠 정말 예전에 읽었던 자서전의 내용이 사실일 것이라고 믿었다.

에이션트 웜에 의한 개발자도 알 수 없는 변형.

그것이 아니라면 그러한 급격한 변화는 설명할 수 없을 것이다.

"후우, 어쨌든 오크는 한 백 마리 정도만 남은 건가?"

과거, 아니, 미래라고 해야 하나?

여하튼 '더 로드' 라는 타이틀이 있다는 것을 알게 해준 개발자의 말에 의하면, 그것을 획득하기 위해서는 일단 클로즈베타 서비스 때 존재하는 모든 몬스터와 동물들을 사냥해야 했다.

그것도 그냥 사냥하는 게 아니라 각 종(種)마다 학살자[Slayer] 타이틀을 따야 했다.

기본적으로 슬레이어 타이틀을 따려면 각 종마다 천 마리 이상을 잡아야 했다.

클로즈베타 서비스는 여러모로 불안정한 서버 상황 때문에 그다지 크지 않은 지역으로 설정되어 있었지만 아무리 그래도 약 일천 종에 가까운 몬스터와 동물이 존재했다.

일천X일천.

무려 백만이었다.

아무리 현실 시간으로 다섯 달, 게임 시간으로 열다섯 달을 플레이할 수 있고 클로즈베타 서비스가 이루어지고 있는 지역의 레벨이 어느 정도 낮게 제한된 특수한 곳이라지만 백만이라는 숫자는 너무나 많았다.

그나마 일천 종 중 대략 이백 종 정도가 대충 잡아도 순식간에 잡을 수 있는 토끼나 사슴, 개구리, 쥐 같은 일반 동물들이라는 게 위안이라면 위안이었다.

하지만 문제는 거기서 끝이 아니라는 점이었다.

백만 마리의 몬스터와 동물들을 잡고 나서 또 몇 단계의 어려운 관문을 거쳐야 내가 그토록 원하는 그 타이틀을 획득할 수 있었다.

"한마디로 지옥의 길이지."

나는 고개를 절레절레 흔들었다.

클로즈베타 서비스 시작된 지 한 달.

하지만 나는 아직도 사만 마리 정도밖에 사냥하지 못했다.

심각히 떨어지는 속도.

하지만 점점 나아지고 있었다.

"왜냐하면 경쟁자들이 줄고 있으니까."

그랬다.

'ONE'의 게임성에 실망한 수많은 베타테스터들이 하나둘 게임을 떠나고 있었다.

내가 봐도 비슷한 시기에 같이 서비스를 시작한 다른 가상 현실 게임 몇 가지가 지금의 'ONE'보다는 훨씬 나았다.

"나라도 떠났을 거다. 하긴 나는 아예 시작도 안 했지."

떠나는 건 당연했다.

이 정도로 엉망인 모습에 떠나지 않는다면 그건 무척 멍청하고 둔하거나, 게임을 제대로 즐길 줄 모르는 초 라이트 유저일 것이다.

어쨌든 그들이 그렇게 떠나주자 나의 사냥 속도는 점점 빨라지고 있었다.

"그래도 시간이 부족해. 어쩔 수 없군. 잠을 한 시간 더 줄여야겠어."

현재 나는 하루에 단 세 시간만 자고 있었다.

거기에 밥 먹는 시간도 아까워 특별히 준비한 압축 식량을 이용해 단 오 분 만에 식사를 끝내고 있었다.

거기서 다시 잠자는 시간 한 시간을 빼는 건 아무리 폐인 모드에 익숙해진 나라고 해도 쉽지는 않는 일이었다.

하지만 해야 했다.

물론 장기적으로 봤을 때 이런 절정 폐인 모드는 오히려 독이 될 수 있었다. 그렇기에 나는 적어도 언제나 네 시간 이상의 잠자는 시간과 한 시간 정도의 휴식 시간을 꼭 지켰다.

그러나 지금은 상황이 좀 달랐다.

다섯 달이라는 한정된 시간.

그리고 그 시간 안에만 획득할 수 있는 타이틀.

어쩔 수 없었다.

다섯 달이란 한정된 시간 동안 좀 무리를 해서라도 획득하는 수밖에 없었다.

"어차피 클로즈베타 서비스가 끝나고 이 주일 정도 쉴 수 있는 시간이 나올 테니 모자란 휴식은 그때 몰아서 쉬면 된다."

지금 당장은 좀 무리겠지만 그 무리를 충분히 풀 수 있는 시간이 있는 이상 문제는 없었다.

"자, 그럼 계속해 볼까?"

난 자리에서 일어났다.

내 양손에 들려 있는 두 자루의 검.

어차피 클로즈베타가 끝나면 모든 것이 초기화되기에 지금 내가 무슨 직업을 염두에 두고 쌍검을 사용하는 건 아니었다.

단지 클로즈베타 서비스 때 가장 효율적으로 몬스터를 사냥할 수 있는 기술을 생각하다 보니 사용하게 된 것이었다.

각종 몬스터의 피가 덕지덕지 묻은 쌍검.

미친 듯이 휘두른 이 쌍검 덕분에 '미친 학살자' 라는 약간
은 특수한 직업을 얻었지만 이딴 직업이 내 눈에 들어올 리는
없었다.

클로즈베타 서비스가 끝나도 남는 건 오로지 타이틀뿐!

이미 내 머릿속에는 내가 따야 할 그 타이틀 하나뿐이었다.

"후훗, 난 훨씬 높은 곳을 바라보고 있다고!"

아무도 들어주지 않았지만 나는 하늘을 바라보며 큰 소리
로 외쳤다.

그래, 난 이따위 학살자가 되려는 것이 아니라고!

∗　　∗　　∗

싸늘했다.

순간 많은 생각이 내 머릿속을 지나쳐 갔다.

그나마 아직 어설픈 가상 현실 시스템 덕분에(?) 내가 입은
이 큰 상처에 대해 이렇다 할 감상 같은 건 느낄 수 없었다.
만약 지금이 클로즈베타 서비스가 아니라 정식 서비스 상황
이었다면 아마 너무나 실감나는 상처의 감각에—물론 고통은
시스템 차원에서 거의 없애주었지만 내가 어느 정도 다쳤다는 느낌
은 섬뜩할 정도로 알 수 있었다—정신이 반쯤은 나갔을지도 모

른다.

오른팔은 이미 뜯겨 나가지 않은 게 용할 정도로 심하게 망가져 있었고, 왼 다리 또한 거의 움직이는 것이 불가능할 정도로 큰 상처를 입었다.

그뿐인가?

가슴을 가로지른 커다란 네 줄기의 깊은 발톱 자국에서는 계속해서 피로 설정된 빛 가루 같은 것이 흘러나오며 초당 몇십의 체력을 소모하게 만들었다.

상황은 최악이었다.

하지만 그 와중에서도 나는 오로지 한 가지만 생각했다.

이딴 상황 따위는 예전에도 몇 번이나 경험했었다.

더구나 그땐 정식 서비스였다.

정식 서비스에서의 그 살벌한 감각 속에서도 살아남은 나였다.

괜히 내가 예전에 데스 워리어라고 불렸던 게 아니다.

나는 그 누구보다 강한 집중력을 가시고 있었기에 그 어떤 큰 상처에도 굴복당하지 않았다.

심지어 당시 탑 랭커 중 한 명이자 나와 비슷한 성향을 지녔던 데스 나이트 제논도 극복하지 못했던 심장에 칼이 꽂힌 상황에서도 나는 체력이 0이 되어 쓰러질 때까지 계속 전투를 했었다.

그랬던 나에게 이런 상황은 너무나도 익숙하고 자연스러

운 광경이었다.

거기에 지금은 클로즈베타 서비스였다.

그 써늘하면서 실감나는 감각이 전혀 없었다. 그렇다면 정말 아무것도 아닌 상황이었다.

물론 그렇다고 여유가 넘치는 상황이란 말은 아니다.

지금 내 눈앞에 나와 비슷한 모습으로 피를 철철 흘리고 있는 킹 샤벨타이거의 발톱과 이빨은 아직도 충분히 위력적이었다.

단 한 방에 난 곧장 시체가 될 수도 있었다.

그렇지만 이런 상황 속에서도 나는 평정심을 잃지 않았다.

어차피 한 방이었다.

저놈도, 나도 서로 단 한 번의 공수 교환으로 승부가 난다는 것을 직감적으로 깨닫고 있었다.

'승부다!'

난 왼손에 들고 있던 검을 더욱 강하게 고쳐 잡으며 온 정신을 킹 샤벨타이거에게 집중시켰다.

놈이 내뿜는 살기는 잔뜩 날이 선 검처럼 상처 입은 내 몸을 난자했지만 난 그 모든 것을 무시했다.

그리고 기다렸다.

단 한 번의 공격, 그것을 위해 모든 것을 버렸다.

얼마의 시간이 흘렀을까?

마치 먼저 움직이면 승부에서 지는 것처럼 나와 놈은 상당 시간 움직이지 못했다.

서로의 인내심을 겨루기라도 하는 것 같은 광경.

비록 가상 현실 안에서 이루어지는 대결이었지만 지금만큼은 현실의 어떤 대결보다 실감이 났다.

크아앙!

결국 먼저 움직인 건 놈이었다.

나는 놈이 움직이는 그 순간 찰나의 틈을 포착했다.

그리고 검을 빠르게 앞으로 찔러 넣으며 몸을 날렸다.

퍼억!

눈 깜짝할 사이에 이루어진 공수 교환.

나는 놈의 공격을 피했고 놈은 나의 공격을 피하지 못했다.

결과는 나의 승.

쿠쿵!

비록 보이지는 않았지만 시스템 상 기록된 놈의 체력은 0을 가리켰고, 그 결과 놈은 쓰러졌다.

> 띠링, 필드 네임드 몬스터 킹 샤벨타이거를 쓰러뜨렸습니다.

> 띠링, 당신은 킹 샤벨타이거 슬레이어 타이틀을 획득하셨습니다.

> 띠링, 샤벨타이거 1,000마리를 사냥하셨습니다.

띠링, 당신은 샤벨타이거 슬레이어 타이틀을 획득하셨습
니다.

띠링, 레벨이 올랐습니다.

띠링, 최후의 일격(AA급) 스킬이 생성되었습니다.

띠링, 쌍검술 숙련도가 올랐습니다.

……

……

정신없이 쏟아지는 시스템 메시지.

별로 듣기 좋은 목소리가 아니라 꺼버리고 싶었지만 그런
기능 같은 건 존재하지 않았기에 계속 들어야 했다.

조절한 것은 아니었는데 우연히도 킹 샤벨타이거가 딱
1,000마리째 샤벨타이거였다.

재수라면 재수였다.

물론 덕분에 쓸데없이 시스템 메시지가 더 길어졌지만 어
쨌든 이제 지긋지긋한 샤벨타이거 사냥은 끝내도 된다는 소
리였다.

“휴우~ 체력 26이라……. 이거 진짜 외줄 타기하는 기분
이네.”

외줄 타기도 이보다 스릴 있지는 않을 것이다.

벌써 몇 번째 두 자릿수 체력을 보는지 모르겠다. 지금 내
체력이 네 자릿수인 것을 감안하면 얼마나 지독한 전투였는
지를 알 수 있었다.

“에혀~ 힘들지만 쉴 시간도 없네. 이제 다음은 리자드맨
인가?”

샤벨타이거가 단독 생활을 해 찾아서 잡는 게 힘들었다면 리
자드맨은 단체 생활을 하기 때문에 잡는 게 힘든 몬스터였다.

하지만 어쩌겠는가?

지금 이 월드맵에 존재하는 몬스터인 이상 학살을 해줘야
지……. 그게 ‘더 로드’라는 호칭을 달 내가 해야 하는 의무
였기에 난 계속해서 이 피 묻은 검을 휘둘러야 했다.

“끄응!”

나는 힘겹게 자리에 앉으며 시도를 꺼냈다.

몸이 회복하는 동안에 지도를 살피며 최적의 이동 라인을
잡아볼 생각이었다.

지존을 향한 나의 행보.

그것은 브레이크가 고장 난 폭주 기관차처럼 미친 듯이 달
려나가고 있었다.

CHAPTER 04
PvP(Player vs Player)

The 더 로드
LORD

스킬 발동, 크로스 블레이드!

촤아악!
"크억!"
내가 가진 두 자루의 검은 마지막까지 발악하던 남자의 가
슴에 멋진 십자 흉터를 만들어주었다.
"시, 시팔, 개자식! 내… 내가 언젠간 죽… 인다."
털썩.
쓰러지는 남자.

띠링, 플레이어 [불꽃칼날]을 쓰러뜨렸습니다.

띠링, 342번째 중복 승리입니다. 총 플레이어 킬 수에 1이 추가됩니다.

"342번째라……. 징그러운 놈."

나는 살짝 고개를 가로저었다.

342번을 죽인 나도 징그럽지만 342번을 죽은 저 녀석은 정말 대단한 끈기를 지니고 있었다.

처음에 그를 죽였을 때 그의 이름이 불꽃칼날이라는 것을 알고 무척 놀랐었다.

왜냐하면 불꽃칼날은 예전 생애에서도 꽤 유명한 랭커였기 때문이다.

특히나 PvP 쪽에서는 무척 이름 높은 이였다.

저돌적인 검술과 과감한 전략으로 그가 마스터로 있던 길드는 'ONE'에서 굉장히 상위권에 속하는 길드였다.

그런 그가 나에게 342번이나 죽었다.

사실상 현재 'ONE'에서 나에게 대항할 수 있는 유저는 존재하지 않았다.

레벨?

스킬?

아이템?

그 무엇도 나를 따라올 수 없었다.

불꽃칼날도 나에게 한 100번쯤 죽었을 때 그것을 깨달았는지 그 뒤부터는 무리를 지어 덤볐지만 결과는 변하지 않았다.

물론 내가 좀 많이 힘들어졌지만 그래도 최후에 서 있는 것은 늘 나였다.

그들은 내 관점에서 보면 아직 초보였다.

가지고 있는 스킬을 조합하지도 못했고 연계시키지도 못했다. 그뿐인가? 어떤 아이템이 진짜 좋은 아이템인지 잘 알지도 못했다.

'ONE'에서는 무조건 등급이 높은 아이템이 좋은 아이템이 아니었다. 등급도 등급이지만 자신이 어떻게 사용할지를 잘 판단해서 그 성향에 맞는 아이템을 골라야 했다.

그뿐인가?

그들은 나처럼 제대로 레벨업을 하지도 못했다.

체계적인 면이 없었기 때문이다.

모든 것이 나에게 뒤지는 그들. 하지만 무리를 지어 덤볐기에 나도 아찔한 상황이 몇 번은 분명 있었다.

하지만 나는 한 번도 패하지 않았다.

그들의 전략 따위는 이미 줄줄 꿰고 있는 나에게 그들이 이길 가능성은 그리 높지 않았다.

그래도 '불꽃칼날' 이놈의 근성은 정말 알아줘야 했다. 이놈을 제외하고 내가 가장 많이 중복 승리한 유저가 나에게

104번 죽은 것을 보면 이 녀석이 얼마나 근성있게 나한테 덤 볐는지 알 수 있었다.

근성의 불꽃칼날.

나는 그 녀석을 그렇게 부르고 있었다.

"이제 근성검이라 부를까? 후후훗."

나는 쓰러진 불꽃칼날 일행이 떨어뜨린 아이템을 주우며 웃었다. 그들의 아이템 따위는 나에게 쓰레기나 다름없었지 만 이렇게 아이템을 주워서 없애야지 조금이나마 나를 안 귀 찮게 했기에 이 작업은 꼭 해줄 필요가 있었다.

나는 솔직히 지금 웃을 여유도, 이 녀석들과 싸울 여유도 없었다.

나에게 필요한 것은 새로운 유저.

나와 싸워보지 않은 그런 유저였다.

"젠장! 미치겠군."

답답해졌다.

난 아무래도 큰 실수를 한 것 같았다.

물론 나도 이렇게 될 줄은 몰랐다.

클로즈베타 서비스가 시작되고 많은 시간이 흘렀다.

현재 'ONE'의 클로즈베타 서비스는 거의 끝나가고 있었 다.

내가 알고 있던 대로 클로즈베타 서비스가 막바지에 다다 른 'ONE'의 평가는 최악 중 최악이었다.

이해를 돕기 위해 유명 게임 평가 게시판에 올라온 수많은 베타플레이어들의 글을 인용해 보면…….

[34232] 모든 게 최악. 절대 하지 말아야 할 게임 'ONE'.
[34233] 가상 현실? 현재 기술력으론 역시 무리였다.
[34234] 이 게임을 다시 할 바엔 십 년 전에 접은 '워 소
       드(War Sword)'를 다시 한다.
[34235] 휴… 한숨만 나오는 게임.
[34236] 최고의 게임입니다(단, 여기서 최고의 뜻은 알아서 해
       석하시길 바랍니다).
[34237] 젠장, 나 DH소프트 주식 가지고 있는데… 망했다,
       망했어.
[34238] DH 주식? 흐흐, 역시 내가 맞았이. 전 'ONE' 나오
       기 전에 눈치 까고 싹 다 팔아버렸습니다. 하하하하!
…….
…….

수많은 글. 이 글들만 읽어보아도 지금의 'ONE'이 어떤 평가를 받는지 알 수 있었다.

덕분에 서비스가 막바지에 이른 지금은 필드에서 플레이어들을 찾아보기가 힘들 정도였다.

아직 클로즈베타 서비스 기간이라 월드맵이 그다지 크지

는 않았지만 그래도 대략 그 크기가 현실에서 한 도시의 면적과 비슷했다.

후에 정식 서비스가 열리면 월드맵의 크기가 엄청나게 늘어나 한반도의 44배 정도의 면적, 굳이 나라를 들어 비교하자면 현재 중국의 국토 면적과 비슷한 크기가 될 예정이었다. 하지만 일단 현재는 기껏해야 대한민국의 수도 서울 크기밖에 되지 않았다.

여하튼 어느 정도 넓다면 넓을 수 있는 그 공간 안에 유저들이라곤 거의 찾아보기 힘들 정도로 줄어버렸으니 내가 사냥을 하는 데에는 최적의 조건이었다.

그러나 문제는 내가 이제 더 이상 몬스터를 잡을 필요가 없다는 것이었다.

나는 백만 마리가 넘는 양의 몬스터를 잡았다.

종(種) 수로 따지면 정확히 1,114종.

그중 네임드 몬스터만 103마리였다.

내기 띤 수많은 타이틀의 개수만 세어도 무려 1,217개.

'ONE'에 아무리 40만 개에 가까운 타이틀이 존재한다지만 그래도 무척이나 많은 수의 타이틀을 획득했다.

하지만 이딴 타이틀은 별 의미가 없었다.

제일 중요한 타이틀을 아직 따지 못했기에 현재 가지고 있는 1,217개의 타이틀은 나에게 조금의 감흥도 주지 못했다.

몬스터 사냥은 끝났다.

하지만 아직 '더 로드' 타이틀은 따지 못했다.

이유는 무엇일까?

간단했다.

아직 타이틀 획득 조건을 다 만족시키지 못했던 것이다.

그렇다면 왜?

왜 만족시키지 못한 것일까?

필드에 존재하는 모든 몬스터를 학살했고 그밖의 조건이 었던 퀘스트를 1,000가지 이상 클리어하기나 A급 이상 스킬 열 개 이상 발견해 내기 같은 것들도 모두 만족시켰다.

그뿐인가?

모든 조건을 클리어할 때까지 열 번 이상 사망하지 않아야 한다는 조건도 현재 세 번 죽은 걸로 충분히 만족시켰다.

그밖에 수많은 자질구레한 조건도 당연히 다 만족시켰다.

그렇다면 도대체 뭐가 남은 것일까?

남은 건 오로지 하나였다.

흔히 PvP라 말하는 다른 플레이어와의 대결, 그것이 바로 마지막 관문이었다.

내가 넘어야 하는 마지막 난관. 처음부터 좀 힘들 것이라고 예상했던 부분이지만 이 정도일 줄은 몰랐다.

각기 다른 천 명의 플레이어와의 대결에서의 승리와 총 플레이어 킬 수 4천 이상.

'ONE'의 클로즈베타에 참여한 테스터가 총 일만 명이었으니 그중 십분의 일에 해당하는 유저들과 싸워서 이겨야 했다.

하지만 말이 십분의 일이지, 이런저런 이유로 시작하자마자 접은 사람들이 거의 삼분의 일이었고 나머지 사람들도 조금씩 게임을 그만두어 현재는 천 명에도 미치지 못하는 숫자의 사람들만 남아 있었다.

물론 이런 걸 예상하고 틈틈이 PvP 존을 오가며 다른 유저들과 전투를 치렀지만 아직까지 나의 유저별 플레이어 승리 숫자는 978에 머물고 있었다.

총 플레이어 킬 수는 거의 5천에 육박했지만 PvP라는 컨텐츠가 워낙 좋아하는 사람만 좋아하는 경향이 있는지라 PvP 존에서 만나는 놈들이 그놈이 그놈일 때가 많았다. 그 망할 놈의 '불꽃칼날'처럼.

총 플레이어 킬 수 4천은 채우고도 남았으니 이제 남은 건 유저별 플레이어 승 수 22였다.

22. 클로즈베타 서비스가 아직 현실 시간으로 일주일, 게임 시간으로는 21일이 남았기에 시간은 충분하다 못해 남아돌았다.

하지만 중요한 건 가뜩이나 많은 유저들이 떠난 상황에서 내가 원하는 새로운 유저가 PvP 존에 등장하는 경우는 너무나 드물었다.

실제로 지금 며칠째 새로운 유저와 만나지 못한 것만 보아도 상황이 얼마나 안 좋은지 알 수 있었다.

"계산 착오야. 이럴 줄 알았으면 사냥보다 먼저 플레이어와의 대결에 집중했어야 하거늘……."

너무 안일한 생각이 가져온 큰 실수였다.

내가 가고자 생각하는 길은 내가 아무리 미래를 알고 있다고 해도 쉽지 않았다.

그런데 그걸 잊고 잠시 방심했다.

그 결과 방심은 실수로 이어져 버렸다.

"하지만 난 포기하지 않는다."

난 포기를 모르는 남자. 22이란 숫자와 21일이란 시간.

난 무조건 이 두 가지를 가시고 마지막 조건을 만족시키고 말 것이다.

미래를 알고 있다는 것을 제외했을 때 내가 가진 가장 큰 장점. 그것이 바로 포기를 모르는 집념과 그 집념을 바탕으로 한 끝없는 집중력이었다.

"누가 이기는지 해보자고."

다시 한 번 투지를 불사른 나는 혹시나 있을지 모르는 새로운 유저를 찾아 PvP 존을 헤매기 시작했다.

*　　*　　*

‘ONE’에서 PvP는 매우 중요한 컨텐츠 중 하나였다. 물론 그것을 싫어하는 이들은 충분히 피할 방법이 많았다. 하지만 그것을 피하지 않음으로써 얻는 이득이 워낙 많았기에 거의 대부분의 사람들이 그 컨텐츠에 적극 참여했다.

그러나 이 얘기는 나중 얘기다.

지금은 클로즈베타 서비스.

다 망한 것 같은 ‘ONE’의 세상에서 PvP를 즐기는 유저, 그것도 내가 싸워보지 않은 유저를 찾기란 무척이나 힘들었다.

사실 보상도 문제였다.

정식 서비스 이후에는 각종 영지 전투, 길드 전투, 요새 전투 등등 수많은 전투가 이루어져 그에 따른 많은 보상이 있었다.

지금은 없지만 정식 서비스에 추가될 킬 포인트 제도는 수많은 은둔 고수들을 PvP의 세계로 이끌었다.

킬 포인트.

말 그대로 다른 유저를 사살하고 승리를 따냈을 때 얻을 수 있는 포인트였다.

이 포인트는 일종의 지표였다.

예를 들어 이 포인트가 일정 수치가 되면 그에 알맞은 희귀 아이템을 구입할 수도, 희귀한 스킬을 배울 수도 있었다.

즉, 이 포인트야말로 PvP의 강함을 알려주는 척도였다.

한마디로 PvP 랭킹을 결정짓는 포인트가 바로 킬 포인트였다.

처음 게임을 시작하면 킬 포인트는 1이었다.

그리고 다른 이와 싸워서 승리할 때마다 포인트는 +됐다.

레벨 차이에 따라 +되는 킬 포인트는 조금씩 달랐다. 하지만 가장 중요한 건 누군가를 잡아서 승리했을 때 얻는 +포인트보다 누군가에게 패배했을 때 빼앗기는 −포인트가 더 크다는 점이었다.

그뿐이 아니었다.

킬 포인트는 0이 되면 그때부터는 더 이상 포인트를 빼앗겨 상대방의 킬 포인트를 올려주지 않았다. 하지만 대신 그때부터는 상대방의 킬 포인트를 올려주지는 않아도 자신의 포인트는 계속해서 깎여 나갔나.

즉, −가 된다는 얘기였다.

물론 −로 넘어가면 무조건 한 번 죽을 때마다 킬 포인트가 단 1점씩만 깎였고, 일정 시간 내에 동일인에게 연속해서 죽을 때는 킬 포인트가 깎이지 않는 규칙 때문에 포인트가 줄어드는 속도가 현저히 줄어들었지만 그래도 −가 된다는 건 분명 좋지 않는 일이었다.

킬 포인트가 −가 되면 각종 불이익을 받을 수 있었다.

예를 들어, 특정 NPC들과 사이가 안 좋아져 NPC가 유저에게 덤벼들 수도 있었고, 중립형 몬스터들이 선공형 몬스터로 바뀔 수도 있었다.

심한 경우 아예 특정 도시에 출입하지 못하는 경우도 있었다.

그 때문일까? 한 사람당 한 개의 계정만, 그것도 꽤나 엄격한 기준으로 만들어지는 'ONE' 이었기에 그 누구도 함부로 킬 포인트 조작을 시도하지 못했다.

사실 'ONE' 의 절대 권력, 'ONE' 안에서만큼은 신(神)이라 불려도 손색없는 [일루젼] 앞에서 그렇게 간 큰 짓을 할 사람도 없었다.

[일루젼]의 눈을 피한다는 건 불가능했기 때문이다.

모든 NPC, 모든 몬스터의 눈이 [일루젼]의 눈이었다.

실제로 [일루젼]의 권능을 우습게보았던 몇몇 유저들이 엉뚱한 짓을 하다 곧장 'ONE' 의 세상에서 퇴출당한 적도 많았다.

어쨌든 무척 엄격하다고 할 수 있는 'ONE' 의 킬 포인트제도.

하지만 이 모든 건 정식 서비스 이후에나 적용되는 것들이었다.

정작 지금 나에겐 아무런 필요도 없는 정보들…….

나에게 필요한 건 오로지 새로운 유저뿐이었다.

클로즈베타 서비스 마감까지 남은 시간은 1일.

게임 시간으로 3일이었다.

그리고 나에게 남은 유저별 플레이어 승 수는 5.

하지만 무려 삼 일 전부터 PvP 존에는 아무도 나타나지 않고 있었다.

심지어 그 끈질기던 '불꽃칼날' 도 나타나지 않고 있었다.

진짜로 막바지라서 그런 건가?

사람들이 가장 많이 모이는 도시에 가도 유저들이 거의 보이지 않았다.

대위기.

하지만 이 위기를 탈출할 마땅한 묘책이 떠오르지 않았다.

"젠장, 돌아버리겠네."

이미 공지도 떴다.

현실 시간으로 내일 저녁 6시에 서버가 닫힌다는 소식이었다.

"후우, 초조해하지 말자."

어차피 내가 할 수 있는 일은 없었다.

기다리고 또 기다리는 수밖에······.

나는 최선을 다했다.

'진인사대천명(盡人事待天命)' 이라고 했던가? 이제 남은 건 하늘의 뜻을 기다리는 것뿐이었다.

> 띠링, 10분 후에 서버가 닫힙니다.

경고 메시지가 떴다.

하지만 나는 경고 메시지 따위를 신경 쓸 틈이 없었다.

내 정신은 온통 방금 PvP 존에 등장한 열 명의 유저에게 가 있었다.

그들 중 다섯 명은 익히 아는 이들이었다.

'불꽃칼날'과 그밖에 나에게 수없이 죽은 네 명.

하지만 중요한 건 나머지 다섯이었다.

그들은 내가 전혀 처음 보는 이들이었다.

현재 나에게 남은 유저별 플레이어 승 수는 5.

그 숫자와 딱 맞아떨어지는 새로운 유저 다섯.

"분명히 있을 겁니다. 제가 그놈을 압니다."

뿌드득.

불꽃칼날은 이를 바득바득 갈며 중얼거렸다.

그가 데리고 온 다섯 명의 유저는 척 보기에도 평범해 보이지 않았다.

"하지만 저희는 사실 PvP는 전혀 신경 쓰지 않아서… 일단 클로즈베타 서비스에서는 다른 것들을 실험하느라고 PvP 쪽에 전혀 신경 쓰지 못했습니다. 이런 저희가 도움이 될까요?"

걱정하는 것 같은 말투.

하지만 불꽃칼날은 크게 손을 가로저으며 절대 아니란 표정으로 얘기했다.

"무슨 소리입니까. 성검님과 그 일행분들의 실력은 제가 익히 알고 있습니다. 비록 'ONE'에서 PvP를 경험하지 못하셨다지만 이미 다른 게임들에서 이룩해 놓으신 수많은 업적을 제가 전부 알고 있습니다. 걱정하지 마십시오. 여러분이 도와주시면 그 쥐새끼 하나 잡는 건 일도 아닐 겁니다."

불꽃칼날은 뭐가 그렇게 즐거운지 크게 웃고 있었다.

'성검? 성검… 성검… 아주 귀에 익은 이름이었다.'

하지만 지금 그걸 생각하고 있을 시간이 없었다. 남은 시간은 대략 9분?

빨리 움직여야 했다.

스윽.

나는 최대한 기척을 죽이고 머릿속으로 가상의 전투를 그렸다.

시간도 부족했고 적들의 전력도 만만치 않았다.

저들을 이기기 위해서는 모든 것이 턱없이 부족했다.

하지만 내가 원하는 건 전투에서의 승리가 아니었다.

오로지 새로운 승 수만 다섯 개 챙기면 되었다.

"어차피 죽는 것에 대한 조건은 여유가 있다."

죽음에 여유가 있다면 남은 방법은 하나였다.

"크크, 이런 마무리도 나쁘지는 않겠군."

불꽃칼날에게는 대출혈 서비스라고 해야 할까?

어쨌든 나는 머릿속에 대략의 전투를 그려 넣었다.

그리고 곧장 열 명의 유저를 향해 돌격했다.

팟!

스킬 발동, 패스트 워크(Fast Walk).
연계 스킬 발동, 윈드 붐(Wind Boom)!

두 가지 스킬이 절묘하게 연계되면 나는 아주 빠른 속도로 열 명의 유저 사이에 뛰어들었다.

완벽한 기습.

당연히 열 명의 유저는 모두 깜짝 놀라며 재빨리 각자의 무기에 손을 가져갔다.

하지만 그들이 무기를 뽑는 것보다 내가 난입하는 게 훨씬 빨랐다.

스킬 조합, 크로스 블레이드+검기난무(劍氣亂舞).
블레이드 익스플로젼(Blade Explosion)!

이것은 내가 클로즈베타 서비스에서 조합한 스킬 중 순간 위력이 가장 좋은 기술이었다.

쾅!

"커헉!"

"으악!"

당연히 방심하고 있던 두 명의 유저를 날려 버리기에는 충분했다.

빠르게 들려오는 시스템 메시지. 하지만 나는 그딴 걸 신경 쓸 틈이 없었다.

"이 쥐, 쥐새끼! 죽여!!"

불꽃칼날이 크게 분노하며 자신의 검을 뽑아 들고 있었고, 나머지 유저들도 모두 각자의 병기를 뽑고 있었다.

나는 다시 한 번 들려온 재수없는 시스템 메시지는 가뿐히 무시하고 다시 한 번 검을 휘둘렀다.

시간은 내 편이 아니었다.

난 동귀어진 기습 작전을 펼쳤다.

그렇기에 최대한 빨리 목표한 것을 모두 달성해야 했다.

스킬 조합, 라이징 블레이드(Rising Blade)+속검(速劍).

광속검(光速劍)!!

연계 발동, 더블 샷(Double Shot!)

내가 가장 애용했던 조합 스킬 중 하나인 광속검을 더블 샷
으로 나누어 발동시켰다.

파팟!

허공을 가르는 두 줄기의 빛.

"컥!"

"큭!"

그 두 줄기의 빛은 정확히 유저 두 명의 심장을 관통했다.

또다시 들려오는 시스템 메시지. 하지만 그딴 메시지가 귀
에 들어올 리 없었다.

퍼퍼퍽!

'크으윽!'

등 뒤에 정확히 명중하는 몇 가지 스킬.

분명 불꽃칼날과 그 일행이 황급히 사용한 스킬들일 것이다.

주르륵.

등에 난 큰 상처와 함께 급속히 떨어지는 체력.

얼핏 보아도 치명상이었다.

하지만 나는 쓰러지지 않았다.

아니, 쓰러질 수 없었다.

아직 남은 게 하나 있었다. 한 명의 신규 유저. 아까 불꽃칼날이 성검이라 불렀던 그 남자를 잡아야 했다.

'힘이… 힘이 너무 빠지고 있어.'

급속도로 떨어지는 체력과 함께 검을 휘두를 힘까지 빠져나가고 있었다.

'ONE'의 전투 시스템은 무척 현실적이라 체력이 소비되면 전투력도 당연히 내려가게 되어 있었다.

무슨 수치로 표시되는 건 아니었다.

하지만 분명 현실처럼 체력이 없으면 검을 휘두를 힘도 없어졌다.

하필 재수없게도 이 현실감있는 전투 시스템은 클로즈베타나 정식 서비스나 비슷했다.

덕분에 나는 목표를 눈앞에 두고 마지막 일격을 날리지 못하고 있었다.

'안 돼! 포기할 수 없어!'

나는 마지막 집념을 불태웠다.

그리고 똑바로 성검이라는 그 유저를 노려보았다.

흠칫.

성검이라는 유저는 무척이나 놀라는 표정이었다.

압도당한 건가?

내 끝없는 집념은 아주 찰나의 순간이었지만 분명 성검의 움직임을 봉쇄시켰다.

그리고 그 순간 기적이 일어났다.

불끈.

잊고 있던 한 개의 스킬이 지금 방금 그 사용 조건을 모두 충족시켰다.

그와 동시에 나의 몸속 깊은 곳에서 한줄기 강력한 힘이 쏟아져 나왔다.

"가랏!"

스킬 발동, 최후의 일격!

키잉!

퍼퍽!

내 검은 성검의 목을 꿰뚫었다.

"으악!"

쓰러지는 성검.

쓰러지는 나.

나와 성검은 그렇게 동시에 쓰러졌다.

띠링, 플레이어 [천룡성검]을 쓰러뜨렸습니다.

띠링, 한 명의 새로운 유저에게 승리했습니다. 총 플레이어 킬 수에 1이 추가되고 신규 유저 승리 횟수에 1이 추가됩니다.

띠링, 스킬 집념의 속박(A급)을 획득하셨습니다.

띠링, 축히드립니다. 숨겨진 모든 조건을 만족하셨습니다.

띠링, 타이틀 '더 로드(The Lord)'를 획득하셨습니다.

털썩.

10, 7, 3… 0.

내 체력이 0이 되었다.

나는 죽었다.

하지만 죽는 순간 나는 분명히 들었다.

내가 그토록 원하던 타이틀 '더 로드', 난 그것을 획득했다.

띠링, 10초 후에 서버가 종료됩니다.

내 죽음과 함께 길었다면 긴 클로즈베타 서비스가 종료되었다.

그렇게 나는 지존을 향한 첫 발걸음을 훌륭하게 끝마쳤다.

CHAPTER 05
다시 시작[Restart]

"마지막에 분명 이름이 천룡성검이었지?"

방금 클로즈베타를 끝낸 나는 가볍게 샤워를 하고 방금 전 상황을 다시 떠올렸다.

분명 천룡성검이었다.

과거 내 생애에 'ONE' 에서 가장 유명한 유저를 꼽으라면 무조건 열 손가락 안에 들어가는 유저가 바로 천룡성검이었다.

통합 레벨 랭킹 4위, 통합 킬포인트 랭킹 27위.

최초의 오크 로드 슬레이어 7명 중 한 명.

최초의 오거 로드 슬레이어 7명 중 한 명.

최초의 크라켄 슬레이어 14명 중 한 명.

최초의 드래곤 슬레이어 28명 중 한 명 등등.

내가 알고 있는 그의 업적만 해도 수십 개다.

특히 그의 길드인 천룡맹은 동대륙에서 이름을 날리기 시작해서 나중엔 서대륙과 동대륙을 통틀어 다섯 손가락 안에 들어가는 대형 길드였다.

천룡맹의 맹주 천룡성검.

이 이름은 어떤 연예인보다 유명해질 이름이었다.

'ONE'에서의 탑 랭커들이나 유명 플레이어들은 나중엔 광고까지 찍을 정도로 유명해졌는데 그런 이들 중 한 명이 바로 천룡성검이었다.

"괜히 성검이란 이름이 신경 쓰였던 게 아니었군."

내 머릿속에는 수많은 탑 랭커들의 이름과 그들의 특징, 그리고 그들의 세력까지 모든 정보가 다 있었다.

물론 내가 세세한 것까지는 기억하지 못하는 경향이 있어 약간 잘못되었거나 누락된 정보도 있었지만 그래도 어지간한 정보는 모두 있었다.

특히 천룡성검 같은 극도로 유명한 플레이어들에 대해서는 누구보다 잘 알고 있었다.

끝없는 집념이 내 게임 내적인 스타일이라면 치밀한 분석은 내가 어떤 게임을 해도 잊지 않는 게임 외적인 스타일이었다.

당연히 전생에서도 치밀한 분석은 늘 잊지 않았고, 그 덕분에 탑 랭커들에 대해서는 줄줄이 꿰고 있었다.

"흐음, 그나저나 이번 일로 인해 미래가 조금 바뀔 수도 있겠군."

크게는 바뀌지 않을 것이다.

하지만 일단 나라는 요소가 개입된 이상 미래가 내가 알던 그대로 흘러가지는 않을 것이다.

이것은 충분히 예상한 일이었다.

미래를 알고 있는 내가 존재함으로써 미래가 바뀌는 것.

그것은 당연할 수밖에 없는 일이었다.

"그래도 큰 줄기는 바뀌지 않아."

바뀔 수 있는 미래 때문에 나는 최대한 다른 이들의 게임 플레이에 영향을 줄 수 있는 일은 자제했다.

내가 철저히 솔로 플레이를 고집하는 것 역시 내 개인적인 성향 때문이기도 했지만 최대한 다른 유저들의 게임 플레이에 영향을 주지 않기 위해서였다.

"후우, 일단 큰 산을 하나 넘었군."

난 타이틀 '더 로드'를 획득했다.

이것은 내가 큰 산을 하나 넘었다는 뜻이다. 물론 이 타이틀을 획득하지 못했어도 나름대로의 계획은 전부 세워놨었다.

하지만 그 계획보다는 역시 이 타이틀을 획득했을 때 할 수 있는 계획이 훨씬 훌륭했다.

"타이틀 '더 로드' ……."

그렇다면 왜 나는 이 타이틀에 그토록 집착한 것일까?

그것은 다 이유가 있었다.

단지 그 희귀성 때문에 그것을 노린 것은 절대 아니었다.

난 철저히 실용성을 추구하는 사람이었다. 아무리 희귀한 것이라도 쓸모가 없으면 배제해 버리는 게 나였다.

당연히 타이틀 '더 로드'는 나에게 큰 쓸모가 있었다.

"이걸로 내 계획은 한층 더 완벽해졌다."

진짜 시작은 지금부터였다.

이제 2주 후에 진짜 'ONE'이 시작된다.

"그럼 남은 2주는 휴식과 최종 점검을 하면 되겠군."

가슴이 뛰었다.

다시 한 번, 다시 한 번 나에게 기회가 왔다.

난 이 기회를 놓치지 않을 것이다.

난 기필코 망가졌던 내 삶을 다시 최고로 돌려놓을 것이다!

*　　　*　　　*

"후우~"

난 길게 한 번 호흡을 내쉬며 조용히 생각을 정리했다.

드디어 오늘이었다.

진정한 'ONE'이 시작된다고 말할 수 있는 오픈베타 서비스.

그것이 이제 막 시작되려 하고 있었다.

내 기억에 의하면 첫 며칠은 아마 ‘ONE’ 의 세상은 조용할 것이다.

하지만 딱 일주일.

일주일 만에 ‘ONE’ 은 엄청난 반응을 일으키며 사람들을 끌어 모을 것이다.

‘만약… 그때 나도 움직였다면… 지금의 나는 어떻게 되었을까?

나에겐 과거이자 현재라고 할 수 있는 그때 난 마지막으로 치명적인 실수를 저질렀다.

다시 재조명이 되었던 ‘ONE’ 의 성공을 의심했던 나. 그 탓에 나는 끝없는 절망을 경험했다.

“하지만 지금의 나는 다르지.”

그때와 같은 시점, 같은 시간이었다.

이미 내 기억 속에서는 과거의 일이었지만 지금 내 몸은 그 시간에 존재했다.

덕분에 나는 치명적인 실수를 저지르지 않아도 되었다.

아니, 오히려 너무나 완벽할 정도로 모든 준비를 끝내놓았다.

“지금부터… 내 인생은 다시 시작된다.”

끼릭.

난 가상 현실 전용 접속 단말기를 뒤집어쓰고 한 쌍의 장갑으로 이루어진 입력 장치를 착용했다.

앞으로 얼마 후 출시될 최신 캡슐용 단말기를 구하기 전까지는 어쩔 수 없이 이 구형 단말기를 이용할 수밖에 없었다.

"접속."

단말기에 이미 'ONE' 으로 접속하는 경로와 아이디, 그리고 비밀번호가 모두 저장되어 있었다.

띠이이~!

—홍채 인식을 시작합니다.

—확인되었습니다.

특유의 접속음과 함께 어둠으로 가득 차 있던 내 눈앞에 작은 빛이 보이기 시작했다.

번쩍!

강한 빛과 함께 등장하는 장엄한 오프닝 화면.

클로즈베타 때의 어설픈 화면과는 전혀 달랐다.

물론 나는 익히 본 화면이었다.

하지만 지금에 와서 이 화면을 다시 보게 되자 왠지 감회가 달랐다.

오프닝 화면은 한눈에도 클로즈베타와 많은 것이 바뀌어 있었다.

수많은 몬스터들이 나를 향해 몰려왔다.

그 종류를 헤아리기도 힘들 정도로 많은 수의 몬스터. 그 몬스터들 뒤에는 엄청난 덩치를 자랑하는 거대 몬스터들도 있었다.

마치 나를 무참히 짓밟을 것처럼 몰려오던 수백만의 몬스터.

바로 그때 내 몸, 정확히는 내가 서 있는 곳에서 강한 빛이 터져 나왔다.

번쩍!!

콰과과광!!!

몬스터들을 쓸어버리는 한 무리의 빛줄기.

그것은 검이었다.

더 정확히 말하면 검에서 뿌려진 검기였다.

휘리릭! 꿩!

수백만의 몬스터를 한순간 도륙한 그 검이 땅바닥에 꽂혔다.

챙!

그리고 화면이 갈라지며 'ONE' 의 로고가 등장했다.

[The One]
—세상의 정점에 설 한 명을 위해!

멋진 성우의 음성과 함께 뜨는 간단한 문구.

'예전엔 늘 저 자리에 서고 싶다는 생각만 했지만… 이제는 정말 저 자리를 내가 가질 수 있다.'

오프닝 화면이 끝나자 본격적인 캐릭터 생성 화면으로 넘어갔다.

'ONE' 에서는 한 계정에 한 개의 캐릭터만 만들 수 있었다.

캐릭터를 삭제할 수는 있었지만 만약 캐릭터를 삭제할 경우 일주일의 대기 시간을 거쳐야 다시 캐릭터를 생성할 수 있었다.

'ONE' 의 캐릭터 생성은 생각보다 복잡했다.

기본적으로 베이스가 되는 것은 현실에서의 자기 자신이었지만 여러 가지 설정 툴을 이용해 꽤 많은 부분을 변경할 수 있었다.

예를 들어 키가 무척 크고 살이 많이 찐 사람도 간단한 조작 몇 번으로 적당한 키에 적당한 덩치를 지닌 캐릭터를 만들 수 있었다.

물론 그 변형에 한계치가 있어서 완전히 탈태환골을 한 꽃미남으로 바뀌는 건 무리가 있었지만 그래도 약간의 뚱보가 정상인이 될 정도의 변형은 가능했다.

아마도 지금 접속한 사람들 중 많은 사람들이 자신의 첫 캐릭터를 꾸미느라고 정신이 없을 것이다.

하지만 나는 아주 간단히 캐릭터를 생성시켰다.

예전에도 그랬듯이 나는 현실에서의 내 모습 그대로 캐릭터를 만들었다.

굳이 변형을 할 생각이 없었다.

어차피 내 목적은 게임 플레이에 있었기 때문에 캐릭터의 외향적인 모습 따윈 관심이 없었다.

특히 아직 종족 퀘스트가 완료되지 않아 '인간' 종족밖에 선택할 수 없었기 때문에 캐릭터 생성에서 고민할 부분은 전혀 없었다.

직업이나 스탯 같은 것도 고민할 필요가 없었다.

어차피 그런 건 게임 속에서 플레이를 하며 자연스럽게 얻어지는 것이었기에 설정을 할 필요가, 아니, 아예 설정을 할 수가 없었다.

내가 선택할 수 있는 건 그저 캐릭터의 모습과 이름, 그리고 캐릭터의 시작 위치 정도였다.

―이름을 정해주십시오. 클로즈베타 서비스에 참여해 주신 분들은 사용하셨던 이름을 그대로 사용하실 수 있습니다.

"신!"

나는 당연하다는 듯이 외쳤다.

클로즈베타 서비스가 시작되었을 때 아주 재빨리 선점한 이름이 바로 '신'이었다.

'ONE'에서 외자 이름은 매우 희귀한 이름이었다.

물론 특별히 이름의 제한이 있지는 않았다. 누구라도 중복 이름을 설정할 수 있었다. 하지만 뭐든지 최초 한 명은 특별했다.

내가 '신' 이라는 외자 이름을 등록한 이상 나와 같이 '신' 이라는 이름을 사용하는 유저들은 반드시 세컨드 네임을 설정해야 했다.

난 오로지 '신' 이라는 한 글자의 이름을 갖게 되지만 다른 사람들은 '신 검은빛', '신 무적검' 이런 식으로 세컨드 네임을 설정해 줘야 했다.

물론 세컨드 네임은 게임 설정에서 숨기는 기능이 있었기 때문에 다른 이들이 볼 때는 '신' 이라는 외자 아이디를 보겠지만 결국 친구 등록이나 여러 가지 공식 설정에는 풀 네임이 다 보이게 되어 있었다.

어쨌든 뭐든지 최초는 특별했다.

클로즈베타에서 미리 선점한 '신' 이라는 외자 이름.

이것조차도 내가 미리 계획한 것 중 하나였다.

지존에 가장 어울리는 이름.

내 판단에 그것은 바로 '신' 이었다.

─캐릭 명 '신' 클로즈베타 서비스에서 선점하신 이름을 그대로 사용하시겠습니까?

"당연히 사용한다!"

─확인되었습니다. 이름을 등록 중입니다.

잠깐의 시간이 지나고 이름이 등록되었다.

이제 남은 것은 내가 시작할 위치를 정하는 것이었다. 물론 이것도 나는 미리 생각을 해두고 있었기에 고민할 필요가 없었다.

─이름이 등록되었습니다. 유저님이 클로즈베타 서비스에서 획득하신 타이틀 1,218개가 자동으로 등록되었습니다. 다음은 시작 위치를 정해주십시오. 선택하실 수 있는 시작 위치는 동대륙과 서대륙에……

'ONE'의 인공지능 시스템은 나에게 자세한 설명을 해주려 했다. 이 설명은 'ONE'을 처음 플레이하는 사람, 심지어 클로즈베타를 플레이한 사람들도 꼭 들어야 할 것이었다.

하지만 나에게는 필요없었다.

난 이미 시작 위치를 결정해 놓았고, 지금 설명을 해주려는 도시들에 대해서도 너무나 잘 알고 있었다.

"동대륙 현문성(玄文城)."

내 선택은 일단 현문성이었다.

'ONE'은 두 개의 큰 대륙으로 나뉘어 있었다.

동대륙과 서대륙.

아주 간단하게 두 대륙의 특징을 설명하면, 동대륙은 인간의 육체적 능력이 극도로 발전한 기(氣)의 대륙이었고, 서대륙은 반대로 마법이라는 학문이 극도로 발전한 마나(Mana)의 대륙이었다.

물론 동대륙에도 서대륙의 마법사와 비슷한 술사들이 존

재했고, 서대륙에도 동대륙의 무사(武士)와 비슷한 전사(戰士)들이 존재했다. 하지만 정확히 따지자면 그들은 같은 성질의 직업이 아니었다.

마법사의 마법과 술사들의 술법은 전혀 다른 종류의 기술이었고, 무사들이 무공을 익혀 강해졌다면 전사들은 자신들의 육체에 직접 마나를 응집시켜 힘을 강화시켰다.

이밖에도 두 대륙은 많은 것들이 달랐다.

이렇게 두 대륙의 많은 것들이 다를 수밖에 없는 이유는 두 대륙의 교류가 전무했기 때문이다.

두 대륙은 사실 한 개의 대륙이라 할 수 있었다.

각각의 대륙은 그 크기가 지금 중국이라 불리는 나라만큼이나 컸다. 그리고 그 두 개의 대륙과 여러 다른 지형지물을 합치면 전체 대륙의 크기는 지구의 대륙 중 가장 크다는 아시아 대륙만큼 커졌다.

하지만 이 한 개의 대륙 정중앙에 존재하는 죽음의 산맥이 두 대륙의 교류를 완전히 막아버렸다.

무시무시한 몬스터들과 길이 존재하지 않는 험한 지형. 죽음의 산맥은 내 기억이 정확하다면 ‘ONE’ 이 서비스되고 현실 시간으로 1년, 게임 시간으로 3년이 지나야 겨우 최상위 랭커 중 한 명이 통과했다.

그전에는 그 누구도 죽음의 산맥을 통과하지 못했다.

어떤 이들은 ‘ONE’ 의 현실상을 감안해 바다를 이용해 대류을 넘어가도 되지 않겠냐고 물었지만 그건 ‘ONE’을 플레이해 보지 못한 바보들이나 하는 소리였다.

대륙 중앙에 죽음의 산맥이 있다면 대륙을 감싸고 있는 바다에는 폭풍해류가 존재했다.

폭풍해류, 이건 죽음의 산맥보다 더한 존재였다.

접근하는 모든 것을 삼켜 버리는 죽음의 바다. 아무리 대단한 고레벨의 유저라고 해도 이 죽음의 바다는 도저히 극복할 수 없었다.

이 폭풍해류가 대륙 전체를 감싸고 있었기 때문에, 특히 서대륙과 동대륙의 경계라 할 수 있는 곳에 이 폭풍해류가 넓게 형성되어 있었기 때문에 그 누구도 바다를 통해 두 대륙을 왕래할 생각을 할 수 없었다.

개발사에서 애초에 두 대륙을 따로 성장시키기 위해 죽음의 산맥과 폭풍해류를 만든 것이었겠지만 어쨌든 이 두 존재는 ‘ONE’을 플레이하는 유저라면 누구라도 당연히 알게 될 기본적인 것이었다.

내가 지금 마음먹고 있는 큰 계획에 이 두 존재는 아주 큰 비중을 차지했기에 당연히 그 누구보다 잘 알고 있을 수밖에 없었다.

내가 동대륙의 현문성을 초기 시작 지점으로 잡은 이유. 그것 또한 내 계획의 한 부분이었다.

현문성, 그곳으로부터 모든 것이 시작될 예정이었다.

한산했다.

모든 것이 달라져 있었다. 그 어설펐던 가상 현실 시스템은 마치 내가 이곳에 진짜 살아 있는 것 같은 느낌을 받을 정도로 변해 있었다.

물론 나에겐 이쪽이 익숙했다.

무려 칠 년, 게임 시간으로 따지면 이십일 년을 플레이했던 'ONE' 이었기에 당연히 클로즈베타 서비스 때의 그 딱딱한 움직임보다는 이 부드러운 움직임이 훨씬 익숙했다.

"역시 대단해."

게임 시간으로 이십일 년이나 플레이한 'ONE' 이었지만 새삼 이렇게 다시 시작하게 되자 다시 한 번 감탄이 흘러나왔다.

물론 지금 현재 현문성에서 감탄을 하는 건 나 혼자였다.

아니, 정확히는 혼자가 아니었지만 나를 제외한 몇 명의 사람들은 아직 이 대단한 가상 현실 시스템에 적응하지 못하고 어지럼증을 느끼며 바닥에 주저앉아 있었다.

'뭐, 한 몇 시간은 적응해야 움직일 수 있겠지.'

예전엔 나도 그랬다. 정확히는 모든 사람이 그랬다.

너무 정교하게 만들어진 탓에 약간의 적응 시간이 필요한 건 어쩔 수 없었다.

아마도 한 일주일은 저렇게 접속하자마자 약간 적응 시간을 가지게 될 것이다.

'이러고 있을 시간이 없지.'

유일하게 그 적응 시간이 필요없는 나는 더 이상 바닥에 주저앉아 비틀거리는 이들을 보고 있을 시간이 없었다.

아직 입소문이 돌기 전이었기에 'ONE'의 초기 접속자는 매우 적었다.

거기에다 접속한 이들마저 적응을 하는 데 약간의 시간이 필요했다.

이때가 기회였다.

내 머릿속에 현문성의 지리 따위는 모두 저장되어 있었다. 좋게 말하면 자유도가 무한이었고 나쁘게 말하면 초보 유저를 위한 배려가 전무(全無)한 'ONE'에서 친절히 지리 따위를 알려주는 안내 시스템 같은 건 존재하지 않았다.

모든 것을 스스로 알아내야 하는 'ONE'.

하지만 난 스스로 알아낼 필요가 없었다. 왜냐하면 이미 알고 있었기 때문이다.

적응 시간 따위는 간단히 패스한 내가 곧장 달려간 곳은 현문성의 상가들이 모두 모여 있는 지역이었다.

서점, 잡화점, 대장간, 객잔 등등.

대부분의 상가들이 한곳에 모여 있었다.

내가 이곳으로 달려온 이유는 단 하나, 오래전 내가 시간을 거스르기 이전에 인터넷에서 읽었던 장문의 글 때문이었다.

　…그래서 저는 남들보다 좀 더 빨리 상점을 찾을 수 있었습니다. 그런데 정말 그때는 별거 아니라고 생각하고 그냥 넘어갔었는데 나중에 알고 보니 대단한 게 있었죠. 그게 뭐냐 하면, 제가 제일 처음 찾은 상점이 바로 대장간이었는데, 대장간에 들어서자마자 그 대장간의 대장장이가 절 아주 반갑게 맞이해 주며 이런저런 얘기를 시작하더군요. 그런데 그 대장장이가 얘기를 시작하자 갑자기 퀘스트가 발동되었고, 그 퀘스트를 수락한 후 얘기를 끝까지 들어 퀘스트 완료를 하자 저에게 무기들을 보여주며 하나를 고르라고 하더군요. 전 당연히 고마워하며 검을 한 자루 골라서 받았죠. 하지만 그때까지도 전 그 검이 대장간을 찾아오는 유저들에게 모두 나누어 주는 초보용 무기 같은 것인 줄 알았습니다. 그런데 나중에 알고 보니 그게 아니더군요. 놀랍게도 그 검은 극 초반 레벨에서 최고의 효율을 보여주는 검이었습니디. 이떤 지역에서는 당시 최고가의 액수로 그 검이 거래되기도 할 정도였습니다. 더 결정적인 건 그 검을 받을 수 있는 사람이 최초 그 대장간을 찾은 한 명뿐이라는 사실이었습니다. 한마디로 전 돌발성 퀘스트를 완료한 것이죠. 그리고 전 나중에 대장간뿐만 아니라 다른 여러 상점에서도 똑같은 돌발성 퀘스트와 보상이 있었다는 것도 알 수 있었습니다. 그래서 저는 이런 것들을 종

합해 보면, 만약 그 상점의 최초 방문을 혼자서 독식한다면 초기에 엄청난 이득을 보지 않았을까 하는 생각을 해보곤 했습니다. 물론 그건 거의 불가능하겠죠. 저만 해도 대장간에서 대장장이의 얘기를 듣기 시작하자 이미 몇몇 유저들이 대장간에 들어왔고, 대장장이의 얘기 자체도 생각보다 길었으니 혼자서 그 돌발성 퀘스트를 독식한다는 건 불가능할 것입니다. 그래도 혹시 만약에 그것을 독식한다면 그 사람은 아마 초반에 엄청난 부를⋯⋯.

주절주절 긴 글이었지만 글의 핵심은 하나였다.

전 대륙의 모든 상점에는 최초 방문자 일인에게 돌발성 퀘스트와 보상을 준다는 것.

그것이 제일 중요했다.

계속 강조하지만 'ONE'에서 최초라는 건 늘 특별했다. 지금 당장은 많은 이들이 잘 모르고 있지만 어느 정도 시간이 지나면 많은 이들이 'ONE'에서 최초라는 것이 얼마나 큰 비중을 차지하고 있는지 깨닫게 될 것이다.

어쨌든 나는 그 최초의 퀘스트들을 모두 내가 독점할 생각이었다.

물론 그래 봤자 초보일 때 쓸 만한 아이템을 준다는 것뿐이지만 중요한 건 시점이었다.

분명 그 아이템은 앞으로 몇 주만 지나도 별것 아닌 게 될 수 있었다.

하지만 당장 며칠, 아니, 적어도 일주일 정도는 그것의 가치가 한없이 올라갈 수밖에 없었다.

'분명 현실적으로 한 유저가 그 최초 방문자에게 주는 초기 아이템들을 독식한다는 건 불가능한 일이다. 아무리 가상현실에 적응이 빠르고 재빨리 상점들의 위치를 찾아낸다고 해도 두 가지 아이템 이상 선점하는 건 불가능하다. 하지만……'

나는 가능했다.

그리고 결정적으로 나는 상점들을 최초 방문했을 때 아주 좋은 보상을 주는 돌발성 퀘스트가 발생한다는 것을 이미 알고 있었다.

"현문성, 비록 동대륙에서 큰 성으로 분류되지는 않지만 가장 많은 수의 상점이 존재하는 곳. 그렇기에 내 초기 시작 지점은 이곳이 될 수밖에 없었다."

내가 현문성을 초기 시작 지점으로 점찍은 이유는 단 하나. 이곳에 숨겨져 있는 비밀 상점들까지 모두 합쳐 스물세 개의 상점이 존재했기 때문이다.

거기에 상점은 아니었지만 마찬가지로 돌발성 퀘스트를 받을 수 있는 건물이 다섯 개가 더 있었다.

총 스물여덟 개. 아무리 내가 남들에 비해 많은 여유 시간을 받았다고 해도 다 돌기에 무리가 있을 정도의 숫자였다.

하지만 난 스물여덟 개 모두 독식할 생각이었다.

그렇게 하기 위해 최대한 짧은 동선을 이미 머릿속에 그려 놓고 있었다.

그리고 당연히 숨겨져 있는 비밀 상점들은 가장 나중에 방문할 생각이었다.

이런저런 생각을 정리하다 보니 금세 내가 생각해 둔 첫 번째 상점 앞에 도착할 수 있었다.

현문성에 있는 유일한 대장간.

보통 동대륙에서는 무기점과 대장간은 같은 곳이었기에 아마도 몇 시간이 지나면 이곳에는 수많은 초보 유저들이 찾아오게 될 것이다.

끼익.

약간은 낡은 건물이었지만 앞으로 이곳을 이용하게 될 유저의 숫자를 생각하면 지금 내가 여는 이 문은 수를 셀 수 없을 만큼 열고 닫힐 것이 분명했다.

땅땅.

대장간은 낡은 건물만큼이나 초라했다.

하지만 이 초라한 대장간 안에서 망치를 두들기는 NPC의 표정과 분위기는 평생 한길만을 고집해 온 장인의 향기가 느껴졌다.

"실례합니다."

'ONE' 에서 NPC란 단순히 같은 말을 반복하는 멍청한 존재가 아니었다.

어떻게 'ONE'의 개발자들이 기존의 게임 속에 등장하는 NPC들과 전혀 다른 하나의 인격체라고 할 수 있을 만큼의 뛰어난 인공지능을 지닌 NPC 시스템을 만들었는지 알 방법은 없었다.

내가 알기론 아주 많은 이들이 그것을 밝혀내려고 노력했지만 내가 시간을 거스르기 바로 직전까지도 그 비밀을 알아낸 이는 한 명도 없었다.

결국 그것은 'ONE'이 변하게 된 가장 큰 원인이자 비밀이었지만 나는 굳이 그것을 알고 싶지 않았다.

나에게 중요한 건 단지 이 NPC들을 대할 때 유저를 대하듯이 해야 한다는 사실뿐이었다.

땅.

망치 소리가 멈췄다.

망치질을 멈춘 대장장이는 나를 물끄러미 쳐다보았다.

"못 보던 얼굴이군. 여행자인가?"

"네. 불멸의 인(印)을 지닌 크로노스 대륙의 생존자입니다."

내가 지금 대장장이에게 나 자신을 소개한 이 방법은 아직은 널리 알려지지 않았지만 이제 곧 널리 알려질 보편적인 것이었다.

지금 내가 서 있는 대륙의 이름은 레아.

더 정확히 말해 둘로 나뉜 레아 대륙 중 동쪽에 위치한 한(韓) 대륙이었다.

동대륙의 이름은 한.

서대륙의 이름은 이오스.

그리고 그 두 대륙을 합쳐서 레아 대륙이라 불렀다.

어쨌든 NPC는 레아 대륙의 인물이었고 나는 크로노스 대륙의 인물이다.

이것은 'ONE'의 설정 부분과 연관이 있었는데, 나를 비롯한 모든 유저들은 이제는 사라져 버린 크로노스 대륙의 생존자들이었다.

불멸의 인을 지녀 영원히 죽지 못하는 존재들.

그것이 유저들의 정체였다.

혹자는 저주받은 이들이라고 했고, 혹자는 아직 인간들이 제자리를 잡지 못한 레아 대륙을 위해 신이 직접 데리고 온 전사들이라고 했다.

뭐 이건 전부 설정의 일부분이었지만 어쨌든 난 워낙 'ONE'을 오랫동안 플레이해 봤기에 늘 해온 방식으로 대장장이에게 대화를 건넸다.

"호오, 진짜 불멸자(不滅者)였군. 가이아님의 배려로 대륙과 함께 사라지지 않고 다시 태어난 이들이라고 했던가? 정말 신기하군. 아, 이해하게. 내가 불멸자를 처음 보는 거라 말이 많았네. 사실 레아 대륙에 수많은 불멸자들이 나타날 것이라

는 신탁이 있었다지만, 그걸 곧이곧대로 믿긴 좀 힘들었거
든.”

대장장이는 나를, 아니, 불멸자를 만난 것이 그렇게나 신기
한지 주절주절 계속 떠들었다.

그는 나를 뚫어져라 쳐다보고 있었다.

더 정확히 말해서는 내 눈을 바라보고 있었다.

그가 나를 진짜 불멸자라고 말할 수 있던 건 그가 지금 뚫
어져라 쳐다보고 있는 이 눈 덕분이었다.

기본적으로 겉모습만 놓고 봤을 때는 레아 대륙의 사람
들(NPC)과 크로노스 대륙의 사람들이 가지는 차이점은 한
가지도 없었다.

하지만 자세히 살펴보면 크로노스 대륙의 사람들, 이제는
크로노스 대륙의 생존자, 또는 불멸자라 불리는 그들은 레아
대륙의 사람들과 단 한 가지가 달랐다.

눈 안에 존재하는 눈동자.

검디검은 이 눈동자. 불멸자라 불리는 크노로스 대륙의 사
람들은 모두 검은 눈동자를 지니고 있었다.

반면 레아 대륙의 사람들은 각양각색의 눈동자를 지니고
있었다. 그들은 거의 모든 색의 눈동자를 지녔지만 유일하게
검은색 눈동자는 지니지 못했다.

그와 반대로 크로노스 대륙의 생존자들, 즉 유저들은 모두
검은색 눈동자를 지녔다.

서양에서 플레이하는 외국인 유저라고 할지라도 아무리 자신과 같은 모습의 캐릭터를 생성해도 눈동자는 무조건 검은색으로 통일되었다.

이 눈동자의 색이 불멸자라 불리는 유저들과 레아 대륙의 사람들이라 불리는 NPC를 구분하는 유일한 방법이었다.

"더 많은 불멸자들이 이곳에 찾아올 겁니다."

나는 있는 그대로 사실을 얘기해 주었다.

아마도 이 대장장이는 앞으로 셀 수도 없을 만큼 많은 유저들을 만나리라. 그리고 결국 레아 대륙에서 불멸자들이 어떤 존재로 성장하는지 지켜보리라.

그것이 그가 살아갈 운명이었다.

"그렇겠지. 처음으로 가이아님이 전 대륙인에게 동시에 내린 신탁이었으니 분명 그렇게 되겠지."

대장장이는 고개를 끄덕이며 중얼거렸다.

가이아는 레아 대륙의 주신이었다.

설정 얘기를 좀 더 하면, 크로노스 대륙에는 원래 우라노스라는 주신이 있었는데, 여차저차한 일로 인해 레아 대륙의 신인 가이아와 크게 다투게 되었다. 하늘이 무너지고 땅이 뒤집어질 것 같은 두 신의 전투는 우라노스의 어이없는 실수로 승패가 결정되었다.

당연히 가이아는 그 실수를 놓치지 않고 우라노스를 완전히 봉인해 버렸고, 그 결과 우라노스가 신으로 군림하던 대륙은 신의 지지력을 잃고 바다 속으로 가라앉게 되었다.

덕분에(?) 크로노스 대륙 사람들은 한꺼번에 수장될 위기에 빠졌는데 그때 나선 게 두 신의 전쟁에서 승리한 가이아였다.

그녀는 크로노스 대륙에 비해 문명이 발달하지 못한 레아 대륙을 위해 크로노스 대륙에 존재했던 이들에게 불멸의 인(印)이라는 묘한 저주를 걸고 레아 대륙으로 강제 이동시켰다.

자신과 같은 주신이었던 우라노스와 싸우고 엄청난 숫자의 사람들에게―설정상 앞으로 등록하게 될 모든 유저들―강력한 저주(?)를 건 가이아는 단기간에 너무 많은 신의 권능을 사용해 결국 긴 침묵기를 가져야 했지만, 그래도 이미 레아 대륙은 새롭게 유입되는 불멸자들 덕분에 점점 발전하게 되어 있었다.

뭐, 중간 중간 아주 복잡한 얘기가 더 많았지만 어쨌든 간략하게 설명하면 이렇다는 얘기였다.

결국 우리 유저(불멸자)들은 몬스터가 넘쳐 나고 아직 개발되지 않은 지역이 지천에 널린 이 레아 대륙에서 열심히 몬스터를 잡아 인간이 살 수 있는 영역을 넓히며 레아 대륙을 발전시켜야 했다.

"그래, 첫 번째를 나를 찾아온 불멸자여, 그대는 혹시 우리의 길지도 짧지도 않은 얘기를 들어보겠는가?"

당연히 내 대답은 'Yes' 였다.

"예, 경청하겠습니다."

고개를 끄덕이며 대장장이의 얘기에 귀를 기울였다. 대장장이가 할 얘기는 뻔했다.

하지만 아무리 예상이 가능한 얘기라도 정성스럽게 들어주는 것이 좋았다. 자칫 성의없이 들었다간 퀘스트가 실패할 수도 있었기 때문이다.

처음으로 받은 퀘스트. 하지만 이 퀘스트는 시작일 뿐이었다.

지존을 향한 길고도 험한 길.

그 길의 시작은 일단 최초 퀘스트 선점이었다.

CHAPTER 06
현문성의 기인

일주일이 흘렀다.

'ONE' 은 정말 많은 것이 변해 있었다.

처음 며칠은 정말 한산했다. 그다지 많지 않은 접속자들. 하지만 그 많지 않은 접속자들 사이에서는 이미 난리가 나 있었다.

'이런 게임이 있었다니!'

'이게 정말 그 'ONE' 이 맞는 건가?'

많은 이들이 깜짝 놀랐다.

그럴 수밖에 없었다.

거의 완벽에 가까운 가상 현실.

아니, 감히 이미 완성되었다고 말할 수 있는 유일한 게임.

그것이 바로 'ONE' 이었다.

어쨌든 소문은 순식간에 퍼지기 시작했다. 요 몇 년 사이 제대로 된 대작 게임이 없었기에 많은 게이머들은 재미있는 게임에 목말라 있었다.

특히 제대로 된 가상 현실 게임이라면 자다가도 벌떡 일어날 사람들이 수도 없이 많았다.

그런 상황에서 들려온 'ONE' 의 소문은 정말 빠르게 많은 사람을 불러 모았다.

또 한 번 드는 생각이지만 과거에 나는 왜 이 소문을 무시했을까?

그땐 내가 정말 잠깐 귀신에라도 홀렸던 것 같다.

여하튼 단 일주일 만에 엄청난 숫자의 신규 유저들이 유입되었다.

덕분에 이제 더 이상 한산하다는 말을 할 수 없게 되었다.

그나마 현문성이 초보들에게 추천되어지는 지역이 아니었기에 약간이나마 한산한 느낌은 들었지만 이런 현문성에도 꽤 많은 숫자의 초보들이 유입되고 있었다.

'솔직히 현문성은 아무것도 모르는 생 초보들에겐 별로 좋은 곳이 아닌데…….'

아마도 한꺼번에 몰려든 유저들이 초보들에게 좋다고 소문난 도시에 몰리다 보니 상대적으로 한적한 이곳이 나을 것이라고 생각한 모양인데 그건 정말 큰 오산이었다.

초보들에게 좋다고 소문난 데에는 모두 이유가 있었다.

그런 지역에는 초보들을 배려한 몇 가지 안배가 있었기에 아무것도 모르는 처음이라면 당연히 그런 지역을 선택하는 게 유리했다.

물론 나처럼 몇 년을 플레이한 유저라면 그런 배려 따위는 필요없겠지만 지금 방금 서비스를 시작한 게임에 나 같은 놈 자체가 존재한다는 건 불가능한 일이었다.

난 존재 자체가 모순(矛盾)인 존재.

하지만 이런 나였기에 남들은 감히 꿈꾸지도 못하는 목표를 향해 달릴 수 있었다.

어쨌든 일주일이란 시간 동안 이런저런 일이 몇 가지 있었다. 그중엔 좋은 일도, 그리고 별로 좋지 않은 일도 있었다.

먼저 나는 최초 목표했던 스물여덟 가지 최초의 불멸인 퀘스트를 모두 선점하지는 못했다.

스물다섯 가지.

안타깝게도 세 가지를 놓치고 말았다.

하지만 스물여덟 가지 중 스물다섯 가지를 내가 선점했으니 그리 손해 본 장사는 아니었다.

최초의 불멸인 퀘스트 스물다섯 가지를 하고 얻은 아이템은 총 스물다섯 가지였다.

하지만 내가 큰 착각을 한 게 하나 있었다.

그것은 바로 아직 경매장 시스템이 제대로 도입되지 않았다는 것이다.

차근차근 다시 생각을 정리해 보니 경매장 시스템은 앞으로 한 달은 있어야 제대로 도입이 된다.

물론 지금도 기본적인 경매장 시스템은 존재했지만 알 수 없는 이유로 그것을 이용하지 못하게 되어 있었다.

이런 착각을 한 건 내가 전생에서 초기에 'ONE'을 직접 플레이하지 않은 때문이었다.

물론 자료 조사를 할 때 초창기의 'ONE'에 대해서 열심히 했지만 그건 한계가 있었다.

특히나 예전에 게임을 시작하기 전 자료 조사를 했던 것을 이번 생에서 다시 정리한 것이기 때문에 이런 큰 착각이 존재할 수밖에 없었다.

또 한 번의 실수.

하지만 이번 실수는 충분히 감당할 수 있는 것이었다.

경매장이 안 된다면 직접 팔면 된다.

비록 가격 면에서 손해를 볼 건 분명했지만 적어도 빠르게 현금화를 시킬 수 있다는 장점은 존재했다.

그래서 난 스물다섯 가지의 아이템을 모두 직접 팔았다.

왜 내가 쓸 수 있는 몇 가지 아이템은 안 챙겼냐고?

당연히 챙길 필요가 없었다.

난 당장 사냥을 할 생각이 없었다.

지금 내 계획에서 레벨업을 위한 사냥이란 단어는 아직 좀 더 시간이 흐른 뒤에 나오는 단어였다.

당연히 사냥을 하지 않을 계획이기에 좋은 장비 따위는 필요 없었다.

'ONE'에서는 직접 노점상을 개설해서 유저들과 거래를 할 수 있었다.

상인 계열 직업을 얻으려는 이들은 모두 이러한 노점상을 개설하는 것부터 시작했다.

당연히 난 상인이 되기 위해 노점을 개설한 게 아니었다.

순수하게 스물다섯 개의 아이템을 팔기 위한 노점이었다.

워낙 초반에 좋은 성능을 자랑하는 최초 퀘스트 보상 아이템이어서 팔리는 건 순식간이었다.

이미 수단과 방법을 가리지 않고 돈을 모은 이들이 꽤 있어서 가격도 생각했던 것보다 후하게 받았다.

돈이 생겼다.

다른 이들은 초반에 만져 보지 못할 거금이었다.

'ONE'에서 화폐 단위는 매우 간단했다.

100쿠퍼는 1실버였고 100실버는 1골드였다.

동대륙—한대륙—에서는 100동이 1은이었고 100은이 1금이었다.

동이나 쿠퍼, 그리고 은과 실버, 금과 골드는 같은 의미로

쓰였다.

개발자가 복잡하게 생각하는 걸 싫어했기 때문일까? 두 대륙의 화폐는 그 생김새나 값어치가 정확하게 똑같았다.

각설하고, 어쨌든 맨 처음 게임을 시작하면 모든 유저들에게 1실버를 주었다.

그런데 나는 시작하자마자 무려 4골드를 벌었다.

동대륙 표현대로 하자면 4금이었지만 뭐 어차피 같은 의미였고, 난 원래 골드라는 표현을 많이 썼기 때문에 4골드라는 말이 더 좋았다.

4골드. 나중에는 그렇게 큰돈이 아니었지만 지금 당장은 엄청나게 큰돈이었다.

누가 감히 시작하자마자 이런 거금을 가지고 있겠는가?

난 남들이 다 1실버를 받고 시작할 때 4골드를 받고 시작한 것과 마찬가지였다.

처음부터 남들과는 다른 시작.

이 정도는 되어야 타이틀 '더 로드'를 가진 이의 자격이 되는 것이다.

그러나 이 정도에 만족하면 그거야말로 멍청한 것이었다.

만족이란 단어는 앞으로 내 사전에서 지울 필요가 있었다.

난 끊임없이 욕심을 내고 끊임없이 전진해야 했다.

만족?

그건 능력이 없어 더 이상 앞으로 나아가지 못하는 것들이

자기 스스로를 위안하기 위해 만들어낸 나약하고 쓸데없는 단어였다.

난 스물다섯 개의 아이템을 모두 처분해 4골드란 돈을 얻고 난 후 다시 노점을 차렸다.

이번에는 뭔가를 파는 게 아니라 뭔가를 사들이는 노점이었다.

각종 잡동사니 아이템 삽니다.

나는 잡동사니 아이템, 흔히 말하는 잡템을 사들였다.

사람들은 처음엔 상점에서도 안 사는 잡템을 사들이는 나를 보고 미쳤다고 했다.

또 어떤 이들은 혹시 잡템에 무슨 숨겨진 기능이 있을지도 모른다고 떠들었다.

하지만 난 그런 이들의 모든 말을 완전히 무시하고 계속 잡템을 사 모았다.

어차피 그들이 의심하고 미쳤다고 떠들어도 잡템을 파는 이들은 꾸준히 증가했다.

원래 시끄럽게 떠드는 유저들보다 조용히 게임에 집중하는 이들이 많은 게 현실.

당연히 내 가상 가방과 가상 창고에는 수많은 잡템이 쌓여 갔다.

물론 난 아무 잡템이나 막 사는 건 아니었다.

내가 원하는 건 딱 세 가지였다.

첫째가 글자를 알아볼 수 없는 헌 종잇조각.

둘째가 쓸모를 알 수 없는 돌덩어리들.

셋째가 완전히 못 쓸 정도로 녹슨 각종 장비.

난 이 세 가지를 중점적으로 사들였다.

수많은 사람들이 이런 나를 보며 의문에 의문을 품었지만 그들은 왜 내가 이것들을 사는지 절대 알 수 없었다.

그들이 그 이유를 알았다면 그건 그들 역시 나처럼 시간을 거스른 이들일 것이다.

굳이 친절하게 그것들의 쓰임새를 설명하자면,

첫 번째, 헌 종잇조각들은 지금은 많은 이들이 그냥 헌 종잇조각이라고 생각하지만 사실 그것들은 각각 짝이 있었다.

짝이 맞는 헌 종잇조각을 100장에서 200장을 모으면 그것들은 한 권의 책이 되었는데, 그 책들이 바로 사람들이 꿈에도 그리는 무공 비급이었다.

물론 이건 대략 현실 시간으로 한 달은 더 흘러야 밝혀지는 비밀이었다.

그리고 무공의 급수도 거의 하급이나 중급이 대부분이었고 간간이 상급을 건질 수 있는 정도였다.

하지만 하급이든 중급이든 초반에 무공 비급은 엄청난 값어치를 지니고 있었다.

그뿐인가?

만약 상급 무공 비급을 구하게 되면 그거야말로 대박 중의 대박이었다.

무심코 버리는 헌 종잇조각에 그런 비밀이 숨어 있다는 건 아직 아무도 몰랐다.

당연히 모를 것이다.

내가 조사한 바에 따르면, 그 비밀을 최초로 알아낸 이가 동대륙에서 이름 좀 날렸던 동방갑자라는 유저였는데 그는 당당하게 그 비밀을 알아내자마자 공개해 버렸다.

원래 그 동방갑자 유저가 그런 인물이었다.

일명 비밀 파괴자라고 불렸던 동방갑자는 늘 남들이 비밀이라고 말하는 것들을 알아내 공개해 버려 많은 일반 유저들에게 인기를 얻은 인물이었다.

나중에 게임 속에서 탑 랭커로 활동하며 수많은 전투와 전쟁이 있는 곳, 그리고 다른 여러 비밀스러운 곳을 오고 가며 그 모습을 방송으로 만들어 대박을 터뜨린 인물이었다.

비밀 파괴자 동방갑자.

그런 그도 내가 이렇게 먼저 헌 종잇조각을 모으고 있다는 건 꿈에도 모를 것이다.

일주일이 지난 현재 내가 얻은 비급은 하급 세 개, 중급 다섯 개, 그리고 상급 한 개였다.

경매장 시스템이 정상으로 되고 동방갑자가 종잇조각의

비밀을 밝혀내기 전까지는 비급을 풀지 않을 생각이었다.

괜히 필요 이상으로 주목을 받을 필요는 없었다.

지금 사람들이 이상한 눈으로 보는 것만도 너무 과한 관심이었다.

헌 종잇조각이 그렇게 쓰였다면 나머지 두 개의 쓰임새는 무엇일까?

그것들 중 돌덩어리는 헌 종잇조각과 크게 다르지 않았다.

사실 돌덩어리는 이미 많은 유저들이 대략 뭔가 비밀이 있다는 걸 눈치 챘는지 잘 매입이 되지 않았다.

과거 내 옛 생에서도 이 돌덩어리에 대한 정보는 일찍 밝혀졌었다.

그것도 누가 특별히 공개한 게 아니라 많은 유저들이 스스로 알아냈다.

이건 일종의 재료였다.

지금은 그저 쓸모없는 돌덩어리로 보이지만 나중에 제련 기술을 익힌 유저들이 가공을 하게 되면 각종 쓸모있는 재료로 바뀌는 것들이었다.

재미있는 건 NPC 대장장이들은 이 돌에 아무런 관심도 나타내지 않는다는 것이었다.

벌써 몇몇 유저들이 이미 대장장이들에게 이 돌을 가져다 주어 봤지만 그때마다 NPC들은 이게 무슨 쓸모없는 돌이냐고 말했다.

덕분에 많은 유저들이 정말 쓸모가 없는 돌이 아닐까 하는 생각을 하게 되었고, 그 결과 나는 많지는 않지만 어느 정도 돌덩어리를 사 모을 수 있었다.

이 돌은 무조건 유저들만이 제련할 수 있는 것이었다.

나중에 어떤 유저가 그 이유를 밝혀냈는데, 나도 그 이유는 정확하게 생각나지 않았다.

대충 내가 아는 대로 얘기해 보면, 이 돌은 원래 크로노스 대륙의 각종 광물들인데 유저들이 불멸인으로 부활하면서 우연히 그 광물들의 기운이 레아 대륙의 각종 몬스터들에게 전이(轉移)되었다나 뭐래나?

사실 이 얘기는 단순히 돌덩어리에만 한정되는 것이 아니었다.

앞서 말한 헌 중잇조가이나 뒤에서 말할 녹슨 무기들도 모두 이 전이에 의한 부산물이었다.

설정상 레아 대륙의 몬스터들은 그저 몬스터일 뿐이었다. 당연히 그들은 죽으면서 그 무엇도 떨어뜨리지 않는다.

그저 그들의 시체에서 가죽이나 이빨을 얻는 게 전부였다.

하지만 그런 그들에게 변화가 일어난 건 크로노스 대륙이 멸망하고 그 대륙의 사람들이 불멸인으로 레아 대륙에서 다시 태어나면서부터였다.

레아 대륙의 신인 가이아는 단순히 크로노스 대륙에 살고 있던 사람들만 레아 대륙으로 옮겼다고 생각했지만 그의 신력은 사람뿐만 아니라 여러 가지를 같이 옮겨 버렸다.

크로노스 대륙에 존재하던 각종 광물은 물론이고 각종 병기, 그리고 기술.

그 종류와 개수가 헤아릴 수 없을 정도로 많은 그것들이 모두 한꺼번에 옮겨졌다.

사람들은 그것을 '전이(轉移)'라 불렀다.

특이하게 그렇게 전이된 그 존재들은 모두 레아 대륙에 존재하는 각종 몬스터나 특수한 존재들에게 스며들었다.

그것도 각각의 존재들이 지닌 힘의 크기만큼 그 존재가 지닌 힘이 크면 그에 알맞을 만큼 힘이 큰 몬스터나 특수한 존재에 전이되었다.

덕분에 레아 대륙은 더욱 요상하게 변해 버렸다.

'전이' 때문일까?

몬스터는 더욱 강하고 흉포해졌고, 그동안 잘 나타나지 않던 특수한 존재들이 나타나기 시작했다.

뭐 이건 나중 얘기지만 결국 레아 대륙에 존재하지 않던 새로운 종족이 나타나고 그 종족에 대한 여러 가지 퀘스트나 사건들도 다 이 '전이' 때문에 일어난 것이었다.

이미 일을 이 지경으로 만든 신은 기나긴 침묵의 시간을 가지고 있기 때문에 결국 모든 것을 해결할 존재는 우리, 즉 불멸인이라 불리는 유저들밖에 없었다.

단순한 설정이지만 참 여러 가지가 얽혀 있는 'ONE'.

덕분에 나중에 소설로도 만들어져 엄청난 대박을 쳤었다.

그 소설 작가 이름이 뭐랬더라? 서진? 뭐, 그런 이름이었던 거 같은데, 흠흠, 잠시 얘기가 이상한 곳으로 가버렸다.

여하튼 'ONE'은 설정 자체가 매우 복잡한 게임이었다.

하지만 이 설정 자체를 전부 이해하면 많은 도움이 되었다.

특히 내가 마지막으로 세 번째에 언급한 이 녹슨 무기들이 야말로 그 '전이'의 최대 부산물이었다.

이것들은 모두 병기였다.

그것도 그냥 병기가 아닌, 크로노스 대륙에 존재하던 병기 였다.

크로노스 대륙은 레아 대륙과 달리 문명이 상당히 발전한 곳이었다.

마법과 무공, 술법, 마나 수련법, 진법 등등…… 그뿐인가? 심지어 이것들과 정반대의 성질을 가지는 있는 각종 공학 기술도 발전했다.

그런 대륙에 존재하던 병기였다.

비록 전이의 여파로 완전히 망가진 것들이 대부분이었지만 이것들은 망가진 채로 또 쓸모가 있었다.

사람들은 단순히 이것들이 그냥 망가진 무기라고 생각했지만 이것들에는 수많은 기술이 숨어 있었다.

예를 들자면, 완전히 녹이 슬고 형태가 일그러져 버린 이 정체를 알 수 없는 둥그런 고철 덩어리는 사실 알고 보면 크로노스 대륙에서 아주 흔하게 사용되던 라이플(Rifle)이란 무기다.

물론 이건 도저히 그 라이플로 복구할 수 없는 쓰레기 고철이 맞다.

하지만 여기에 한 가지의 작업이 추가되면 그것은 더 이상 쓰레기가 아닌 게 되었다.

약간의—약간이라 말하긴 좀 긴 시간일 수도 있다—시간과 정성을 쏟으면 얻을 수 있는 스킬인 '관찰'.

나중에 또 언급하겠지만 이 스킬은 엄청 중요하고 쓸모있는 스킬이었다.

어쨌든 난 이 '관찰' 스킬을 쓰레기 고철이라 불리는 그 쇳덩어리에 사용했다.

이것이 바로 내가 앞에서 언급한 작업이었다.

라이플이란 무기가 존재한다는 것을 알았다.

내가 얻은 단 한 줄의 정보.

이 정보는 일명 천서(天書)라 불리는 내가 가진 모든 지식과 정보, 스킬, 무공, 기술들이 기록되어 있는 가상의 책에 기록된다.

이 천서, 또는 아카식 레코드(Akashic Record)라 불리는 그 가상의 책은 'ONE'의 유저라면 누구나 가지고 있는 것이었다.

한 권의 책이라 부를 수도 있고 한 사람의 인생 그 자체라

부를 수도 있는 그것은 사실 'ONE'의 중심이 되는 것이었다.

가이아에게 저주를 받아 레아 대륙에서 끝없는 삶을 이어 가야 하는 크로노스 대륙의 사람들.

천서는 그들의 신이자 지금은 완벽하게 봉인당한 우라노스가 불쌍한 자신의 자식들에게 전해준 마지막 선물이었다.

아마 지금의 사람들은 이 천서가 단순히 정보를 저장하고 지금 내 상태를 알 수 있는 그런 인터페이스 같은 존재라고 생각할 것이다.

하지만 이 천서는 그런 간단한 인터페이스가 아니었다.

천서에 어떤 정보와 어떤 스킬을 등록하느냐에 따라 게임 속에서 자신이 어떤 길을 걸어야 할지 결정된다는 건 상당한 시간이 흐른 다음 알려진 사실이었다.

어떤 이가 있있다.

그 어떤 이가 요리를 무척 좋아했다.

그 사람은 'ONE'에 접속해서 늘 요리를 즐겨 했고, 아예 직업도 요리사로 선택했다.

그가 알고 있는 정보의 대부분은 요리와 관련된 것이었고, 스킬 또한 대부분 요리 쪽에 관련된 것이었다.

그렇게 천서에는 요리와 관련된 수많은 지식과 정보, 스킬들이 쌓여갔다.

그는 어떤 사람이 되었을까?

나중에 그는 식신(食神)이라고 불리는 희대의 요리사가 되었다.

그리고 나중에 그가 직접 공개한 그의 천서에는 정말 방대한 양의 요리에 대한 정보와 스킬이 기록되어 있었다.

대부분의 것들은 그가 스스로 알아낸 것이었지만 놀랍게도 몇몇 특수한 정보와 스킬들은 어느 순간 천서에 자동으로 기록된 것들이었다.

천서는 수많은 비밀을 가지고 있는 신의 책이었다.

그곳에는 모든 진리와 진실이 기록되어 있었다.

그 모든 진리와 진실을 얻는 방법은 천서에게 그 자격을 입증하는 것이었다.

식신이 된 그 요리사는 자격을 얻었기에 천서가 스스로 그에게 필요한 진리와 진실을 공개해 주었다.

그런 식이었다.

천서는 우라노스가 남긴 유일무이한 신의 파편이었고, 그것은 수많은 불멸인—유저—들에게 그들이 갈길을 안내했다.

아카식 레코드 시스템, 또는 천서신언(天書神言)이라 불리는 이 장치야말로 'ONE'의 백미였다.

난 그 천서에 수많은 기록을 남기는 중이었다.

이건 자칫 쓸데없는 짓으로 보일 수도 있었지만 절대 쓸데없는 짓이 아니었다.

내가 가려는 길은 남들과는 다른 길이었다.

남들은 자신의 행위가 아카식 레코드 시스템에 어떤 영향을 미칠지 몰랐고, 나중에 자신이 어떤 길을 걸을지 전혀 예상하지 못했다.

당연했다.

누가 신의 뜻을 알겠는가?

하지만 나는 달랐다.

나는 신의 뜻을 알았다. 아니, 신이 나에게 어떤 길을 안내하게 만들 수 있었다.

그래서 나는 꾸준히 천서를 각종 정보로 가득 채우고 있었다.

검을 만들 때 쇠를 접기도 한다는 것을 알았다.

총이라는 무기에 방아쇠가 존재한다는 것을 알았다.

이 무기의 특수한 구조를 계속 연구한 끝에 마나와 기는 결국 같은 성질이란 것을 알았다.

쇠만큼이나 단단한 성질의 나무가 존재한다는 것을 알았다.

잊힌 대륙의 문자 'XXX'를 알았다.

잊힌 대륙의 문자 'XXXX'를 알았다.

합금이라는 게 존재하는 것을 알았다.

…….

…….

망가질 대로 망가진 크로노스 대륙의 병기들은 나에게 수

많은 정보를 전해왔다.

나중에 사람들은 이것을 '천서 노가다', 혹은 '아카식 레코드 작업'이라고 불렀다.

무수히 많은 정보를 천서에 가득 채우는 작업. 이 작업을 통해 숨겨진 스킬이나 정보를 얻을 수 있었기 때문에 상위 랭커들은 다 한 번씩 이런 작업을 하곤 했다.

하지만 나처럼 체계적으로 처음부터 한 이는 아무도 없었다.

어차피 이깟 잡템들은 대부분 1~3쿠퍼에 사들이는 것들이었다. 대량으로 살 땐 더 싸게도 샀다.

4골드는 무려 40,000쿠퍼였다.

일주일 동안 펑펑 잡템을 샀지만 아직도 2골드가 남아 있었다.

아직 여유가 있었다.

돈이 다 떨어질 것 같으면 그땐 무공 비급을 팔면 된다.

끊임없이 계속되는 아카식 레코드 작업과 잡템 모으기.

난 적어도 이 작업을 두 달 동안 할 생각이었다.

레벨?

스킬?

그건 두 달 후부터 시작이었다.

물론 남들이 봤을 때 이런 나는 평범한 놈이 아니었다.

그래서일까?

사람들은 날 현문성의 기인(奇人)이라고 불렀다.

"후후, 기인이라~!"

난 웃음이 나왔다.

그들이 알까?

지금 당장 레벨을 올리는 게 전부가 아니라는 것을…….

아마 그들은 무슨 짓을 해도 알 수 없을 것이다.

이 'ONE' 이란 게임에서는 레벨이 전부가 아니라는 것을!!

CHAPTER 07
수련 시작

The 더 로드
LORD

두 달이 흘렀다.

난 그동안 오로지 아카식 레코드 작업과 잡템 구입에만 집중했다.

게임 시간으로 여섯 달.

내가 알기론 어지간한 끈기를 지닌 이들도 게임 시간으로 세 달 이상 그 작업을 하지를 못했다.

하지만 나는 했다.

내가 그들보다 끈기가 더 있는 것일까?

아니다.

내가 끈기가 좀 있는 건 사실이었지만 그들도 나만큼의 끈기는 분명 지니고 있었다.

그런데 그들은 왜 석 달 이상 아카식 레코드 작업을 하지 못했을까?

그 이유는 첫째, 상당한 양의 녹슨 크로노스 병기들이 필요했기 때문에 자금력이 받쳐 줘야 했다.

지금이야 거의 공짜라고 할 수 있을 정도로 싼 가격에 녹슨 크로노스의 옛 병기들을 얻고 있지만 나중에는 이것들도 상당한 가격에 거래되었다.

그래서 길드에서 전폭적으로 밀어주는 이가 아닌 이상 대놓고 이 작업만 계속할 수가 없었다.

그리고 둘째, 너무나 지겨운 반복 수련의 결과물이 생각보다 초라했다.

숨겨진 기술이나 정보를 얻는다?

말로만 들으면 매력적인 사실이었다.

하지만 그게 정말 나에게 도움이 되는 기술이나 정보일 가능성은 매우 낮았다.

대부분 별로 쓸모없는 기술이나 정보를 얻는 경우가 많았다.

확실한 결과물이 존재하지 않는 이상 의미없는 반복 수련일 뿐이었다.

그러나 나는 충분한 자금력을 가지고 있었고 너무나 싼 값에 재료들을 얻었다. 그뿐인가? 나에겐 확실한 결과물이 존재했다.

이 지겨운 반복 수련 끝에 내가 원하는 것이 있다는 확신이 있었다.

그 확신은 나에게 희망이었다.

희망은 결국 나에게 끊임없는 끈기를 가지게 해주었고, 그 결과 나는 무려 여섯 달이 넘는 시간 동안 지겹기로 소문난 아카식 레코드 작업을 계속할 수 있었다.

이미 천서에는 무지막지한 양의 정보가 가득 차 있었다.

정식으로 플레이했다면 자신이 사냥해서 나온 재료들을 모두 작업에 쏟아부었다고 쳐도 대략 현실 시간으로 삼 년은 플레이해야 얻을 수 있는 양의 정보였다.

그뿐인가?

내 관찰 스킬 숙련도는 무려 94.002였다.

그게 뭐 대단하냐고?

그렇게 묻는 이들을 위해 내가 친절히 'ONE'의 스킬 시스템을 얘기해 주겠다.

'ONE'에서 스킬 숙련도는 200이 맥스(MAX)였다.

하지만 말이 200이지, 어떤 스킬 숙련도를 200으로 만든다는 건 거의 불가능에 가까웠다.

스킬 숙련도가 100이 되면 그 사람은 그 스킬에 관해서는 마스터(Master)가 되는 것이다.

그리고 150을 찍으면 하이 마스터(High Master)가 되었고,

200이 되면 그랜드 마스터(Grand Master)가 되었다.

이미 그랜드 마스터는 인간의 경지를 넘어선 설정이었다.

스킬 숙련도는 당연히 위로 올라갈수록 잘 오르지 않았다.

간단하게 수치로 얘기해 보자.

'검(일반) 사용 능력'이라는 아주 평범한 스킬이 하나 있다. 이 스킬은 패시브(Passive) 타입의 스킬로써 일반적인 형태의 검을 사용하는 능력을 올려주는 스킬이다.

이 스킬을 올리기 위해서는 일반적인 형태의 검을 계속 사용해야 했다.

초기에 0~20 정도의 숙련도 수치를 올리기는 무척 쉽다. 그냥 검을 기껏해야 200~400번 정도 휘두르면 충분히 오를 수 있다.

그리고 그 뒤 20~50까지 올릴 때는 대략 1,000번 정도, 그리고 50~70까지 올릴 때는 3,000번 정도만 휘두르면 된다.

여기까지는 정말 무난한 수준이다.

하지만 숙련도가 70이 되어 익스퍼트(Expert)의 경지에 오르면 그때부터는 지옥이 시작된다.

그전까지의 숙련도는 정말 연습일 뿐이었다.

숙련자의 경지라 불리는 익스퍼트의 단계부터는 단지 검을 몇 번 휘두른다고 되는 게 아니다.

검도 도장에 다녀본 적이 있는가?

단순히 검을 많이 휘두른다고 실력이 느는 건 생 초보일 때 얘기였다.

일정 경지에 오르면 그때부터는 무작정 휘두르는 게 전부가 아니었다.

얼마나 더 정확하게, 그리고 얼마나 더 위력적이게 휘두르느냐가 중요했다.

이것도 비슷했다.

단순히 아무 생각 없이 천 번, 이천 번 검을 휘둘러서는 숙련도가 0.001도 오르지 않았다.

단 한 번의 검을 휘두를지언정 잊으면 안 되는 것이 바로 앞으로 나아가는 것이었다.

내가 왜 다시 생을 시작하면서 각종 학원과 도장을 다니면서 여러 가지를 익힌 줄 아는가?

그 앞으로 나아가는 것을 좀 더 쉽게 하기 위해서였다.

실제로 어떤 검도의 고수는 'ONE'에서 상식 밖의 성장을 통해 굉장한 검법을 익혔다.

물론 검도의 고수가 아니라도 조금만 감각이 있고 꾸준히 노력한다면 계속해서 숙련도를 올리는 건 어렵지 않았다.

하지만 절대 쉽게 생각해서는 안 됐다.

'ONE'에서 쉬운 건 단 하나.

바로 죽는 것이었다.

익스퍼트부터 이런 지옥이 시작된다.

그렇다면 마스터 이후는?

그때부턴 지옥도 아니었다.

그냥 속된 말로 뜬구름 잡기라고 할 수 있었다.

하이 마스터?

내가 시간을 거슬러 오르기 직전까지 스킬의 종류를 막론하고 한 스킬이라도 하이 마스터를 만든 이가 얼마나 될 것 같은가?

정작 나만 해도 하이 마스터가 되도록 익힌 스킬은 단 두 개였다.

하나가 164.239, 나머지 하나가 174.653이었다.

내가 익힌 스킬이 무려 40가지가 넘고 그 스킬들은 모두 게임 시간으로 28년 동안 그것들만 집중적으로 올린 건데도 그 정도였다.

당시 정확한 통계는 없었지만 내가 게임을 포기했을 때, 한 개라도 하이 마스터가 될 때까지 스킬을 올린 이의 숫자는 대략 40만 명 정도라고 알려져 있었다.

1억 유저가 게임을 즐겼다.

그런데 40만 명 정도만 단 한 개의 스킬이라도 하이 마스터의 경지에 올랐다.

그랜드 마스터?

그건 아예 알 수가 없었다.

소문으로는 탑 랭커 몇 백 명 정도만 오른 경지라는데 사실 그것도 제대로 확인된 건 아니었다.

이게 바로 'ONE'의 스킬 시스템이었다.

마스터의 단계 후부터는 그 어떤 스킬도 똑같았다.

좀 등급이 떨어지는 스킬이라고 해서 쉽게 배울 수 있을 것이라는 생각은 버리는 게 좋았다

숙련도는 모두 똑같이 적용되었기에 하급 스킬이든 최상급 스킬이든 마스터 단계를 넘어 숙련도가 150이 되면서 하이 마스터의 경지에 오르면 이후부터는 모두 거의 같은 속도로 성장했다.

그러면 누가 하급 스킬을 올리겠느냐고 반문하는 이들이 있겠지만 그건 하나만 알고 둘은 모르는 이들이 하는 말이다.

스킬의 등급이 통용되는 건 마스터 단계까지만이다.

어떤 스킬이든 하이 마스터의 단계에 오르면 그때부터는 그 스킬의 등급은 큰 의미가 없어진다.

실제로 내가 아는 어떤 랭커는 순수하게 기본 스킬만 꾸준히 키워서 엄청난 실력을 보여주기도 했다.

중요한 건 스킬의 종류가 아니었다.

물론 가끔 사기 스킬이라 불리는 몇몇 스킬이 존재했지만 사실상 하이 마스터의 경지에 오르면 그때부터는 하급 스킬도 다 사기 스킬처럼 변했다.

내가 지금 계속 말한 이 모든 것은 아직 모든 유저가 모르고 있는 사실이었다.

당장 익스퍼트에 오른 이들도 얼마 되지 않을 게 뻔했다.

아마 익스퍼트에 오르면 신이 나서 내가 최고라고 떠들 사람도 있을 것이다.

"푸후웁."

그저 웃음이 나왔다.

그것은 물 위로 보이는 빙산의 일부분을 보고 빙산을 모든 것을 보았다고 떠드는 것보다 더 우스운 일이었다.

이제 내가 올린 관찰 스킬 수치가 어느 정도인지 이해가 되는가?

얼마 전에 지금 이 근처 지역에서 좀 잘나간다고 소문난 한 유저가 자신의 주특기로 사용하는 무공—무공과 스킬은 단지 명칭만 다를 뿐이다—의 숙련도를 공개한 적이 있었다.

74.987, 이것이 그의 숙련도였다.

그의 주력 무기는 검이었는데 검 숙련도는 더 떨어져 71.786이었다.

단연코 스킬 숙련도로만 따지면 나를 따라올 사람은 존재하지 않는다.

내가 오로지 관찰 스킬에 집중했기에 남들보다 월등한 스킬 숙련도를 얻었다고 생각하는가?

솔직히 관찰 스킬 하나를 올린 건 맞았다.

하지만 그렇다고 그 이유 하나만으로 남들과 이렇게 많은 차이를 낼 수는 없었다.

그렇다면 혹시 내가 그전에 이 관찰 스킬을 익혔기 때문에?

아쉽게도 전에 난 관찰 스킬을 제대로 익히지 못했다.

관찰 스킬은 매우 훌륭하고 뛰어난 스킬이었지만 전생에서의 나는 그 스킬에 별 관심이 없었다.

사실대로 말하면 관찰 스킬이 얼마나 대단한 스킬인지 몰랐다.

물론 확실히 내가 전생에서 확실히 수련한 스킬이라면 좀 더 빠르게 올릴 수 있었을 것이다.

하지만 혹시 그렇다고 친다 해도 이 정도의 차이는 너무 심했다.

그렇다면 이러한 차이는 어디서 온 것일까?

그것은 바로 내가 지금 활성화시키고 있는 타이틀 때문이었다.

타이틀 '더 로드'. 이것이야말로 진정한 사기 타이틀이라고 할 수 있었다.

적어도 게임을 나만큼 이해하고 있는 이들이라면 이 타이틀이 얼마나 사기적인 능력을 가졌는지 알 수 있을 것이다.

실제로 '더 로드'라는 타이틀을 언급했던 개발자가 등장하지 않아 천만다행이었던 타이틀이란 말을 했을 정도였다.

개발자마저 공개되지 않아서 다행이란 말을 하게 했던 타이틀 '더 로드'.

그렇다면 그것의 효과가 무엇이기에 사기라는 말까지 나오는 걸까?

그 효과는 의외로 간단했다.

오로지 특수 효과 하나만 붙어 있다.

하지만 그 특수 효과 하나는 어떤 스킬과 능력치도 따라올 수 없는 엄청난 것이었다.

'ONE' 에서 스킬이 차지하는 비중은 레벨보다 높았다.

그뿐인가? 스킬 숙련도를 올리는 것은 레벨을 올리는 것 따위와 비교할 수 없는 고된 일이었다.

스킬 숙련도가 얼마나 중요하면 보호 스킬이란 시스템이 존재할 정도였다.

'ONE' 에는 보호 스킬 시스템이란 게 있었다.

스킬이 워낙 올리기는 어려워도 떨어지는 건 쉬운 존재였기에 자신이 가진 스킬 중 딱 두 가지만을 보호 스킬로 지정할 수 있었다.

보호 스킬로 지정되면 그 스킬은 죽었을 때도, 그리고 그 스킬을 한동안 사용하지 않아도 숙련도가 떨어지지 않았다.

이 제도는 스킬이 레벨보다 중요하다는 걸 분명히 증명해 주는 시스템이었다.

그만큼 스킬은 'ONE'에서 아주 중요한 요소였다.

그런 스킬 숙련도 상승 수치가 세 배로 뻥튀기되어 올라간다. 즉, 남들보다 세 배의 효율로 스킬 숙련도를 올릴 수 있다는 뜻이었다.

얼핏 단순하게 생각하는 이들은 '그게 뭐?' 라며 별것 아니라고 생각할지 모른나.

하지만 그건 정말 멍청한 이들의 생각이었다.

이 타이틀 하나만으로도 난 남들이 하이 마스터의 경지에 오를 때 이미 그랜드 마스터의 경지에 오를 수도 있다는 뜻이었다.

내가 0.001의 숙련도를 올리면 0.003의 숙련도가 올라간다.

이 얼마나 위대한 타이틀인가!

당장 등급에 S급이라 쓰여 있는 부분을 SSS급이라고 바꿔도 이상하지 않을 정도의 타이틀이었다. 물론 등급은 SS급까지밖에 없었다.

하지만 이 타이틀만큼은 진짜 SSS급을 주어도 아깝지 않은 것이었다. 이건 나뿐만 아니라 훗날 모든 'ONE'의 유저들, 그리고 개발자들까지 인정한 사실이었다.

타이틀에 나와 있는 설명대로 지존의 발걸음은 멈추지 않는 법. 난 벌써 남들이 감히 꿈꾸지도 못했던 걸 손에 넣은 후였다.

"그나저나 이제 슬슬 이 짓도 그만 해야겠군."

일이 잘 풀려서 원래의 계획보다 한 일주일 정도 이 아카식 레코드 작업을 계속했다.

하지만 이제는 그만해야 할 때가 되었다.

모든 일에는 때가 있는 법. 이제 내가 할 일은 본격적인 스킬 수련이었다.

"후후, 이제 그릇을 만들 재료를 전부 준비했으니… 그 재료로 세상에서 가장 큰 대기(大器)를 만들면 되나?"

난 스스로 대기가 될 생각이었다.

그리고 그 대기가 되기 위해 많은 준비를 했다.

지금까지가 그 대기가 되기 위한 준비였다면 이제부터는 대기가 되기 위한 수련이었다.

"그 어떤 것도 담을 수 있는 대기! 난 그런 큰 그릇이 되는 거다!"

첫술에 배부를 수는 없다.

지존은 한순간에 뚝딱 만들어지는 존재가 아니었다.

지존이 되려면 일단 지존이 될 자격을 갖춰야 했다.

비록 레벨은 아직도 1이었지만 지금 내가 스스로 완성시켜 가고 있는 건 레벨 같은 것으로 단정 지을 수 없는 것이었다.

지존의 자격.

일단 그 시작은 큰 그릇[大器]부터였다.

난 아카식 레코드 작업을 끝내고 가지고 있던 모든 것을 팔아치웠다.

무공 비급도, 이제는 제법 값어치가 나가게 된 돌덩어리들도 모두 팔았다.

파는 건 쉬웠다.

사고자 하는 이들이 줄을 섰기 때문에 아주 훌륭한 가격에 모든 물건이 팔려 나갔다.

돈이 쌓였다.

슬슬 등장하고 있는 대형 길드들, 동대륙 식으로 따지면 각종 문파나 연합에서나 가질 법한 돈이 내 손 안에 들어왔다.

지금 당장 그것을 현금화해도 꽤 오랫동안 풍족하게 살 수 있을 정도였다.

하지만 이미 슬슬 내가 사둔 DH소프트 주식이 미친 듯이 폭등하고 있는 지금 나에게 현실에서의 돈 따위는 별 필요가 없었다.

오히려 돈이 좀 부족하면 주식 몇 주를 팔아 게임 속의 골드로 바꾸면 바꿨지, 그 반대는 절대 할 생각이 없었다.

물론 게임 속에서도 돈은 충분히 많았기에 굳이 흔히 말하는 현질을 할 필요성도 느끼지 못했다.

자금이 준비되었다.

그렇다면 이제부터 할 일은 하나.

매입(買入).

즉, 사들이는 것이었다.

경매장 시스템이 완벽하게 복구되어 있었다. 'ONE'에서 경매장 시스템은 매우 편리하면서도 효율적이었다.

일단 기본적으로 각각의 도시별로 경매장 시스템이 나뉘고 이 시스템이 다시 지역별로 뭉쳐졌다.

그리고 그 지역별로 뭉쳐진 시스템이 다시 뭉쳐져 대륙 전체를 하나로 연결하는 거대한 경매장 시스템이 되었다.

나뉜 두 대륙을 연결하지는 않았지만 각각의 대륙별로 거대한 경매장 네트워크가 만들어졌다.

예를 들어, 내가 만약 A라는 아이템을 얻어 그것을 마을 경매장에 올리면 일단 최우선적으로 그 마을과 근처 마을에서 게임을 플레이하는 유저들에게 공개된다.

판매자는 즉시 구매 가격과 경매 시작 가격을 동시에 정할 수 있기 때문에 혹시라도 그렇게 공개된 물건을 마음에 들어하는 사람이 있으면 바로 구입하거나 경매에 입찰할 수 있었다.

즉시 구매 가격은 적지 않아도 상관없었다. 하지만 경매장 수수료라는 게 따로 있는 게 아니라 아이템을 배달하는 배달 비용이 빠지게 되어 있었기 때문에 사실 어지간한 아이템은 근처에 있는 유저에게 파는 게 가장 좋았다.

운이 나쁘면 배달 비용이 아이템의 가격보다 비싼 경우도 나올 수 있었다.

어쨌든 그렇게 아이템을 누군가 구입해 가면 거기서 끝이었다. 하지만 아무도 즉시 구입하지 않고 또 입찰도 되지 않았다면 몇 시간 후 대도시의 경매장에 등록된다.

그 뒤로는 똑같은 수순이었다.

대도시에서 다시 한 번 똑같은 과정을 거친 후 하루가 지나면 다시 지역 경매장에 등록되었다.

그 대기 시간만 다를 뿐 과정은 같았다.

지역 경매장에서 대륙 경매장으로 이동하는 것도 대기 시간만 하루에서 일주일로 늘어날 뿐이었다.

매우 단순하면서도 합리적인 경매장 시스템.

덕분에 많은 이들이 이 경매장 시스템을 이용했다. 나중에는 전문적으로 경매장에서 장사를 하는 직업을 가진 유저들도 다수 등장할 것이다.

그들은 그들만의 노하우로 굉장한 이익을 만들어내며 자신들만의 영역을 구축했다.

하지만 그건 먼 미래의 일.

지금은 그런 이들이 존재하지 않았다.

대신 내가 있었다. 경매장의 달인들이라 불리는 그들의 노하우를 어설프게라도 알고 있는 내가 있었다.

"경매장 메뉴 오픈."

나는 마을 안에 존재하던 경매장 게시판에 손을 대고 조용히 입을 열었다.

뭐, 굳이 손을 대지 않고 게시판 근처에서 메뉴 오픈을 외쳐도 되었지만 이건 그냥 습관 같은 것이었다.

띠링.

작은 기계음과 함께 내 눈앞에 수많은 정보창이 떠올랐다.

처음 접하는 이들은 뭐가 뭔지 잘 모를 정도로 복잡한 정보창들.

하지만 나는 아주 능숙한 손동작으로 그것들을 간단히 정리해 버렸다.

스스슥.

지금 내가 필요한 창은 오로지 검색창뿐이었다. 그중에서도 조건별 전체 검색 메뉴가 내가 사용할 유일한 창이었다.

"흐음, 일단 무공 비급 쪽부터 시작해 볼까?"

낚시를 즐기는 이들은 흔히 대어(大魚)를 낚기 위해서는 기다리고 또 기다릴 줄 아는 인내가 필요하다고 한다.

하지만 나에게 인내는 필요없었다.

난 이미 대어가 어디에 살고 있는지 다 알고 있었고, 그 대어를 낚는 방법마저 알고 있었다.

경매장 곳곳에 존재하는 대어들. 그건 모두 내 차지가 될 예정이었다.

일주일이 흘렀다.

예상대로 경매장은 물 반, 고기 반의 어장(漁場)이었다. 그것도 그냥 고기가 아닌 아주 큰 대어가 많이 있었다.

예를 들면, 지금 내가 손에 들고 있는 이 책 같은 경우였다.

제목은 철혈무정로(鐵血無情路).

사실 이 책은 비급이 아니라 일반 소설책이었다.

'ONE'에는 수없이 많은 책이 존재했다. 단순한 소설책부터 백과사전 수준의 삽학 서적까지 수많은 책들이 각각의 개성을 지니고 있었다.

어떤 이들은 도대체 어떻게 이 많은 종류의 책을 만들어냈냐며 감탄했지만 뭐 어쨌든 다 일루젼의 경악할 만한 능력이라고 치부하면 끝이었다.

여하튼 그 책들은 그냥 읽어도 재미있는 것들이었지만 때론 상당한 비밀이 숨겨져 있는 경우가 있었다.

그 대표적인 것 중 하나가 바로 이 철혈무정로라는 소설책이다.

이 책은 그다지 흔하게 구할 수 있는 책이 아니었다.

하지만 그렇다고 엄청 구하기 힘든 책도 아니었다.

처음에 사람들은 이런 종류의 쓸데없는 책들을 무공 비급이 아니란 이유 하나만으로 다 상점에 팔아버리곤 했다.

하지만 나중에 숨겨져 있던 비밀이 밝혀지자 너도나도 눈에 불을 켜고 이 책을 찾았다.

이 책의 비밀은 간단했다.

딱 백 번.

백 번만 이 책을 정독하면—게임 주제에 책갈피 기능도 있었다—책이 재로 변하면서 허공에 철혈도(鐵血刀)라는 훌륭한 상급 도법의 무공 구결이 떠오르게 되어 있었다.

한마디로 열심히 백 번만 읽으면 상급 도법 무공을 얻는다는 소리였다.

철혈도는 상급 도법들 중에서도 아주 위력적인 도법으로 이름을 날린 무공이었다.

덕분에 나중에 철혈무정로라는 소설은 상당한 가격으로 거래되었다.

내가 단돈 1실버를 주고 산 이 책이 최소 40골드는 줘야 구할 수 있는 비급으로 바뀐다는 게 믿겨지는가?

믿어라!

내가 다 직접 경험한 일이다.

어쨌든 경매장에는 이런 책이 수두룩했다.

난 그런 종류의 모든 책들을 사들였다. 책뿐인가? 각종 예술품 속에도 많은 비밀이 숨어 있었다.

볼품없는 나무 불상에 숨어 있는 상급 내공심법, 허름한 지 팡이 안에 숨겨져 있던 고급 검 한 자루, 삼류 시집에 숨겨져 있던 상급 경공 구결 등등.

난 아주 많은 대어들을 너무나 쉽게 낚아 올렸다.

하지만 그래 봤자 결국 그런 것들은 내가 가진 재산을 불리 는 역할을 할 뿐이었다.

재산은 그렇게 기하급수적으로 늘어갔지만 정작 내가 원 하는 건 아직 걸리지 않았다.

돈 같은 건 내가 원하는 것을 찾는 과정에서 가볍게(?) 얻는 서비스 같은 것이었다.

난 경매장에서 두 가지를 찾아야 했다.

한 가지는 희귀하기는 했시만 돈만 좀 많이 주면 구할 수 있는 것이기에 반드시 구할 수 있었다. 하지만 남은 한 가지 가 문제였다.

분명 게임 속에서 누군가는 이미 발견했을 그 한 가지.

내 예상대로라면 그건 틀림없이 경매장에 올라올 수밖에 없었다.

다시 일주일이 지났다.

내가 계속 대어를 쓸어 담아서 그런 걸까?

경매장에 더 이상 큰 건수는 보이지 않았다. 기껏해야 잔챙 이들뿐이었다.

앞서 말한 두 가지 중 한 가지는 구했다.

상상(上上) 급 무공 비급이라 상당한 값을 치렀지만 그래도 상관없었다. 구했다는 게 중요했다.

한 가지를 구했지만 나는 경매장 검색을 멈추지 않았다.

내가 원하는 남은 한 가지.

그것은 분명 경매장에 올라올 것이다.

이건 막연한 추측이 아니라 확신이었다.

내가 알고 있기론 그 유저도 이 물건을 처음엔 경매장에서 우연히 실수로 구입했다고 했다.

그 유저는 실수로 구입한 후 창고에 넣어두고 신경을 껐었다고 했다. 나중에 우연히 그 물건으로 인해 대박을 터뜨렸던 그 유저는 한 게임 전문 잡지와의 인터뷰에서 분명 최초 구입은 경매장에서 했다고 했다.

그 시기는 정확하지 않지만 대략 지금쯤이 분명했다.

그렇기 때문에 난 그 유저가 실수로 그것을 구입하기 전에 먼저 구입할 필요가 있었다.

그래서 난 계속해서 하루 종일 아무것도 안 하고 경매장 검색만 하고 있는 것이었다.

"떠라… 떠라……."

나는 무슨 주문을 외우는 것처럼 계속 중얼거리며 경매장 검색을 했다.

남들에게는 도박판에서 마지막 히든카드에 최고의 패라도 만들고 싶어하는 사람처럼 보일 모습이었다.

벌써 보름간 경매장에 모든 것을 쏟아붓고 있었건만 아직까지 그 물건이 등장하지 않아 난 약간은 불안한 마음이 되어 있었다.

하지만 그렇다고 초조해하지는 않았다.

그 물건을 구하지 못한다면 그것을 대체할 만한 것도 이미 생각해 뒀다.

비록 많이 아쉽겠지만 그렇게 해도 아주 큰 문제가 되지는 않았다.

앞으로 딱 일주일.

어차피 아직까지 간간이 대어들이 낚이는 경매장이었기에 일주일만 더 경매장에 모든 것을 쏟아부어 볼 생각이었다.

대충 일주일이 더 흐르면 유저들도 슬슬 아무것도 아닌 것 같은 일반적인 물건들 속에 뭔가 숨어 있다는 사실을 눈치챌 만한 시기였기에 앞으로 일주일이란 시간을 정할 수 있었다.

"뜬다. 분명히 뜬다. 나에게 로얄 스트레이트 플러쉬 패를 만들어줄 그것은 분명히 뜬다!"

난 나에게 최고의 패가 뜰 것이라고 확신했다.

그리고 다시 사 일이 흘렀다.

스르르륵.

검색창을 내리던 내 오른손이 갑자기 멈췄다.

"떠, 떴다!"

나는 주먹을 불끈 쥐며 환호성을 내질렀다.

드디어 20일을 기다린 끝에 그것이 내 눈앞에 등장했다.

볼 것도 없었다.

즉시 구매!

비록 일반 아이템치고는 비싼 가격에 올라왔지만 그래 봤자 나에겐 푼돈이었다.

"하하하하, 하늘은 나를 돕고 있다."

정말 시간을 거스른 그때 이후로 하늘은 나를 돕고 있는 것 같았다.

이렇게 나는 내가 동대륙에서 얻어야 할 네 가지 중 하나를 또 얻었다.

앞서 얻은 두 개와 지금 얻은 한 개.

이제 한 개만 더 얻으면 내가 만들려고 했던 대기(大器)의 반이 완성되는 것이다.

CHAPTER 08
내가 얻은 것들

The 더로드
LORD

지금 현재 난 내가 동대륙에서 얻으려 했넌 깃 중 세 가지
를 손에 넣었다.

그 첫 번째는 아카식 레코드 작업과 관찰 스킬이었다.

저번에도 언급했지만 관찰 스킬은 대단한 스킬이었다.

많은 이들이 쉽게 얻을 수 있는 관찰 스킬을 무시하는 경향
이 있었다.

하지만 이 스킬은 그렇게 무시받을 스킬이 아니다.

사람들에게 관찰 스킬이 얼마나 뛰어난지 증명한 건 일명
퍼스트 헌터(First Hunter)라 불렸던 '이나(Ena)'라는 한 영국
의 유저였다.

그의 랭킹은 그다지 높지 않았다.

그는 간신히 랭킹 1,000위 안쪽에 들어갈 정도의 레벨로 수 없이 많은 곳을 매번 첫 번째로 탐험했다.

그의 능력이 얼마나 뛰어났는지, 당시 알아주는 상위 길드 나 연합들은 그를 자신들 쪽으로 끌어들이기 위해 각종 회유 와 협박을 마구 남발했을 정도였다.

하지만 퍼스트 헌터 이나는 끝까지 어디에도 소속되지 않 았다.

결국 너무나 심한 협박 때문에 이나는 대략 내가 게임을 포 기하기 일 년 전에 'ONE'에서 떠났지만 그전까지 그는 엄청 난 명성을 쌓았다.

오죽하면 퍼스트 헌터 이나를 추종하는 길드까지 생겨났 겠는가.

어쨌든 이나는 게임을 떠난 후 책을 한 권 냈다.

자신이 게임에서 겪은 일대기 같은 책이었는데, 그 책에서 자신이 퍼스트 헌터가 될 수 있었던 이유는 관찰 스킬을 그랜 드 마스터의 경지까지 수련했기 때문이라고 했다.

현실에서도 늘 뭔가를 관찰하는 걸 즐겼다는 그는 우연히 관찰 스킬에 빠져들었고, 그 결과 퍼스트 헌터라는 영광스러 운 칭호를 얻었다.

나는 당시 그 책을 읽고 깨달은 바가 많았다.

'ONE'에 존재하는 스킬 중에 쓸모없는 스킬은 없었다. 무슨 스킬이라도 궁극에 다다르면 그 쓰임새가 무궁무진해졌다.

어쩌면 그래서 'ONE' 이 대단한 게임인지 몰랐다.

각설하고 퍼스트 헌터 이나가 지금의 자신을 만들어준 일등 공신으로 뽑은 스킬 '관찰'.

그렇다면 관찰 스킬은 도대체 어떤 스킬인가?

관찰 스킬은 말 그대로 사물을 관찰하는 스킬이었다.

스킬의 숙련도가 올라가면 사물을 보다 자세히 살펴볼 수 있게 되었다.

설명만 보면 별것 아닌 것처럼 느껴졌다.

하지만 이 관찰 스킬이 갖는 훌륭한 이점은 바로 그 별것 아닌 것처럼 느껴지는 사물을 자세히 살펴보는 능력으로부터 시작되었다.

'ONE' 은 무지막지하게 유저들에게 불성실한 게임이었다.

유저를 위한 편의 같은 건 쓰레기통을 뒤져도 찾을 수 없었다.

이것을 개발사는 무한의 자유도를 위해 그런 것이라고 광고했었다. 하지만 내가 여기저기에서 들은 진실은 달랐다.

일루젼이 에이션트 웜에 감염되고 카오스적 진화를 일으켜 현대 기술로 설명이 불가능한 요상한 존재가 된 후, 그 일루젼을 제대로 통제하지 못하던 개발사는 사실상 게임에 개입하는 능력을 거의 상실했다.

물론 어느 정도는 개입할 수 있었지만 그 정도로는 절대 게임에 큰 영향을 미칠 수 없었다.

그것과는 상관없이 일루젼은 자기 스스로 계속 학습하고 성장해서 진화를 거듭했고, 완벽한 'The One'을 만들어냈다.

클로즈베타 서비스가 길어진 건 이 때문이었다.

여기서 DH소프트는 선택을 해야 했다.

폐기할 것인가, 아니면 강행할 것인가?

그들은 강행을 선택했다.

어차피 모든 건 초진화형 슈퍼 인공지능 컴퓨터 일루젼이 알아서 처리하고 있었다.

마치 한 세계의 신(神)이라도 된 것처럼 완벽한 'ONE'의 세계를 구축해 나갔다.

DH소프트는 이 모든 사실을 숨기고 게임을 출시했다.

그리고 정해진 수순처럼 당연하게도 큰 성공을 거두었다. 시간이 많이 흐르고 수많은 사람들이 DH소프트의 게임 운영 능력에 의문을 제기했지만 이미 거대 기업이 되어버린 DH소프트는 그 논란을 돈과 권력으로 모두 무마시켜 버렸다.

나중에 양심선언을 한 몇몇 직원들 때문에 큰 위기도 있었지만 어차피 세상은 힘이 곧 정의였다.

이미 'ONE'은 1억 명이 넘는 인원이 즐기는 전 세계의 게임이 되었기에 아무도 그것을 멈추게 할 수 없었다.

내가 알고 있는 'ONE'의 비밀은 이 정도였다.

뭐, 나중엔 공공연한 비밀이라 할 수 있을 정도로 널리 퍼진 얘기였지만 당연히 지금 당장은 몇몇 사람들을 제외하면 아무도 모르는 비밀이었다.

어쩌면 내가 지금 이 비밀을 밝히면 'ONE'은 큰 타격을 입을지도 몰랐다.

잘하면 게임 서비스가 중지될 수도 있었다.

생각해 보라! 개발사가 컨트롤하지 못하는 가상 현실이라니! 이건 무척 위험한 것이었다.

하지만 난 절대, 저어얼대 이 비밀을 밝히지 않을 것이다.

내가 미쳤나?

왜 이 완전무결한 게임을 내 스스로 망가뜨린단 말인가!

흠흠, 내가 좀 흥분했다.

어쨌든 'ONE'의 개발진들은 이러한 이유 때문에 늘 유저들에게 욕을 먹었다. 뭐, 그들의 잘못은 아니겠지만 어쨌든 많은 유저들이 좀 더 편하게 게임을 즐기고 싶어했다.

그러나 전부 그런 유저만 있는 건 아니었다.

진짜 게임을 즐길 줄 아는, 아주 오래전부터 끊이지 않던, 흔히 게임 폐인들이라 불리는 이들은 이 끝없는 자유도에 광분했다.

그들은 이런 게임을 기다려 왔다.

모든 것이 자유로운 진정한 환상의 세계. 그곳이 바로 여기에 있었다.

이나라는 영국 유저도 그런 게임 폐인 중 한 명이었다.

그는 남들과는 조금 다른 독특한 방식으로 게임의 자유도를 무한정 이용했다.

그가 관심을 가진 스킬 '관찰'.

그는 그 관찰 스킬을 적극적으로 이용했다.

제일 먼저 게임 속에 존재하는 모든 것을 자세히 살펴보았던 이나.

사실 어쩌면 내가 이미 실행한 경매장에서 일반 물품을 사들여 고급 무공이나 아이템을 얻는 행위는 그가 제일 먼저 시도했을지 몰랐다.

그는 그렇게 모든 사물을 관찰하기 시작하면서 많은 비밀을 알아냈다.

여기저기 교묘하게 숨겨져 있던 던전, 사람들이 모두 포기한 미궁이나 여러 지형지물들에 숨겨져 있는 통로, 아무도 찾지 못했던 숨겨진 퀘스트들…….

그는 관찰 스킬을 계속 사용하며 숙련도를 올렸고, 숙련도가 올라간 관찰 스킬은 그에게 수많은 '첫 번째'를 선물했다.

그렇게 그는 퍼스트 헌터가 되었다.

이건 그가 직접 자신이 쓴 책에 밝힌 것이니 틀림없는 사실이었다.

그의 책이 발간되고 그 책이 베스트셀러가 된 후 'ONE'의 세계에 관찰이라는 스킬 열풍이 불었음은 말할 필요도 없었다.

심지어 탑 랭커들도 관심을 가질 정도였다. 그땐 나도 예외가 아니었다. 나 역시 그때 처음으로 관찰이란 스킬을 익히고 수련했다.

어쨌든 그런 스킬이 바로 '관찰'이었다.

그 이나라는 유저는 아마 지금 게임을 하고 있을 것이다. 하지만 결코 그는 퍼스트 헌터가 될 수는 없다.

내가 존재하는 이상 그는 영원히 세컨드헌터가 될 것이다.

"적어도 게임은 접지 않겠군."

어쩌면 그는 나에게 고마워해야 했다.

내가 들은 소식에 의하면 그 이나라는 유저는 게임을 그만두고 책을 낸 후 우울증에 시달리며 크게 고생을 했다.

하지만 이번 생에서는 그럴 필요가 없다.

내가 있으니까, 그에게 갈 영광과 시련은 다 내 차지니까 그는 그저 게임을 즐기면 됐다.

이걸 보면 나도 어지간히 욕심쟁이다.

영광은 둘째 치고 시련까지 차지해 버리는 나. 하지만 이건 내가 당연히 짊어져야 할 몫이었다.

지존이 되어 무한의 자유를 얻는다?

무한의 자유, 아주 좋은 말이다.

하지만 그 자유를 얻기 위해서는 수많은 부자유와 싸워서 이겨야 했다.

그게 바로 시련이었고, 나는 그 시련마저도 받아들일 준비를 충분히 하고 있었다.

흐음, 어쩌다 보니 말이 길어졌지만 어쨌든 내가 동대륙에서 얻어야 할 네 가지 중 하나가 관찰 스킬인 것은 틀림없었다.

그렇다면 두 번째는 무엇일까?

두 번째는 나머지 세 가지에 비하면 다소 그 값어치가 떨어지는 것이었다.

물론 지금 이 순간 다른 유저들이 본다면 이것이 가장 값어치가 있다고 생각하겠지만 그건 무지한 그들의 생각일 뿐이었다.

한 권의 무공 비급.

비급(秘笈) [분심공(分心功)].

마음을 둘로 나눌 수 있는가? 또 그렇게 나눠진 마음을 다시 한 번 더 나눌 수 있는가? 나누고 또 나누고, 그것을 무한히 반복한다면 능히 천하제일인(天下第一人)이 될 수 있다.

무공(스킬):〈분심공〉.
능력치:없음.
특수 효과:없음.
특이사항:비급은 한 번 정독 시 자동으로 소멸됨.
등급:상상(上上)급(AA급).

상급 무공인 양의심공(兩意心功)의 발전형이라 할 수 있는 분심공.

그것은 마음을 나누는 무공이었다.

오로지 동대륙에서 구할 수 있는 그것은 특수한 퀘스트를 했을 때 보상으로 얻는 비급이었다.

도의 길을 걷는, 간단히 도사(道士)가 될 자격을 얻은 이들만 할 수 있는 이 특수한 퀘스트는 절대 쉬운 것이 아니었다.

분명 초반에 하는 퀘스트였지만 대략 4등급으로 분류될 만큼 상당한 난이도의 퀘스트였다.

퀘스트의 등급은 1~9등급까지 존재했는데, 대부분의 초반 퀘스트가 7~9등급인 것을 보면 4등급이 얼마나 높은 난이도인지 알 수 있었다.

또한 퀘스트의 난이도도 난이도였지만 오로지 도의 길을 가려는 이들만 할 수 있는, 그것도 특수한 분기에 의해 랜덤하게 주어지는 퀘스트였기에 아무나 할 수 있는 게 아니었다.

어쩌면 이런 여러 가지 힘든 조건 때문에 초반에는 무척이나 구경하기 힘든 AA급 무공 비급을 보상으로 주는지도 몰랐다.

어쨌든 이 퀘스트를 클리어한 사람들은 대부분 길드 단위에서 밀어준 몇몇 이들이었다.

그리고 내가 구한 이 비급을 경매장에 올린 사람은 분명 별로 좋아 보이지도 않는 무공이지만 AA급 무공이기에 혹시나

하는 심정으로 비싼 가격으로 경매장에 올렸을 것이다.

다행이라면 다행이었다. 그나마 지금이니까 경매장에 올라온 것이다. 지금 당장 이 분심공이란 무공의 평가가 별로라서 한 권이라도 경매장에 올라온 것이었지 지금이 아니었다면 아마 경매장에선 절대 구하지 못했을 무공이었다.

그럼 이 무공은 무엇인가?

단지 마음을 나누는 것만으로 진짜 천하제일이 될 수 있는 걸까?

답은 '될 수도 있다' 다.

내가 앞서 계속 강조하지 않았던가! 'ONE' 에서는 그 어떤 무공(스킬, 기술)이라도 궁극까지 익히면 엄청난 위력을 발휘하게 되어 있었다.

물론 이 분심공은 익히기가 까다로운 무공에 속하는 것이라 궁극까지 익히기가 여간 어려운 게 아니었지만 어쨌든 제대로만 익히면 그 효능은 무궁무진했다.

한 손으로 검법을 시전하면서 다른 손으로 도법을 시전한다. 거기에 그치지 않고 머릿속에서는 다른 생각까지 한다.

서대륙에 중첩 시전(멀티캐스팅)이 있다면 동대륙엔 분심공이 있었다. 엄밀히 따져서는 중첩 시전보다 더 활용성이 넓고 깊은 게 분심공이었다.

기본적으로 지닌 위력이 굉장한 무공은 아니었지만 다른 무공들과 같이 사용할 때 아주 큰 위력을 발휘하는 매우 뛰어난 무공.

그것이 바로 분심공이었다.

난 이 비급을 무려 400골드라는 거금을 주고 샀다.

물론 나중에 시간이 흐르면 그 값어치를 훨씬 더 인정받아 거의 4,000골드가 넘는 가격에 거래되는 무공 비급이었지만 어쨌든 400골드란 가격도 지금 당장 팔리는 비급 중엔 단연 최고의 가격이었다.

그나마 물건이 없어 간신히 경매장에 하나 올라온 걸 몇 번의 재입찰을 통해 얻은 것이었다.

다른 사람들에게 무척 좋은 효과를 발휘하는 무공은 앞으로 내 손에서 더욱 사기적인 무공으로 다시 태어날 예정이었다.

관찰 스킬과 분심공.

내가 동대륙에서 얻으려는 네 가지 중 두 가지가 이것이었다.

그렇다면 내가 제일 최근에 얻었으며 가장 기뻐했던 그 세 번째 물건은 무엇일까?

이것이야말로 내가 얻으려고 했던 네 가지 중 가장 불확실한 확률을 지니고 있는 물건이었다.

난 사실 이것을 얻지 못할 경우도 충분히 생각했다.

내가 얻지 못한 마지막 한 가지는 어차피 어디로 도망가는 게 아니었기 때문에 시간만 충분히 투자하면 얻을 수 있을 것이라고 믿었다.

하지만 이 세 번째 것은 정해진 시기 안에 얻지 못하면 절대 얻지 못하는 것이었다.

내가 알기론 지금 내가 손에 들고 있는 이것은 매우 희귀한 물건이었다. 그리고 세상 사람들에게 그 입수 경로가 알려진 건 오로지 이것 한 개뿐이었다. 나머지 몇 개가 더 존재했다지만 그건 솔직히 어디서 어떻게 등장했는지 아무도 몰랐다.

분명한 건 지금 내가 가지고 있는 이것만 그 입수 경로가 알려졌다는 것이다. 'ONE' 이 서비스되고 얼마 안 되어 경매장에 등록되었다는 이것.

사실 내가 현문성을 초기 시작 지점으로 잡은 가장 큰 이유도 이것 때문이었다.

나는 이 물건을 최초 경매장에서 산 유저가 이쪽 지역에서 게임을 시작한 것으로 알고 있었다.

그전에 누가 경매장에 그 물건을 올렸는지는 당연히 모른다.

어쨌든 난 이것을 얻었다.

이것은 한 폭의 그림이었다.

아주 평범한 풍경이 그려져 있는 그림.

아이템 설명에도 그저 그림이라고만 나왔다.

단지 특이한 건 당연히 적혀 있어야 할 아이템 등급란에 물음표(?)가 찍혀 있다는 것이었다.

얼핏 보기엔 그냥 버그 아이템인가 하는 생각을 가지게 하는 그림 한 폭.

하지만 그걸 알아야 한다.

'ONE'에 버그 아이템은 존재하지 않는다. 일루젼은 아주 작은 버그도 만들어내지 않았다.

이 세계의 신이 된 일루젼은 땅바닥을 아무렇게나 굴러다니는 돌덩이 하나도 완벽하게 만들었다.

그렇기 때문에 이 물음표는 특수한 의미를 담고 있는 것이었다.

내가 알기론 이것과 비슷한 물건들이 여러 종류 있었다.

그리고 그것들 역시 아이템 등급란에 물음표가 찍혀 있었다고 한다.

생각 같아서는 그것들도 얻고 싶지만 사실상 그것들은 내가 얻을 수 없는 것들이었다.

내가 끼어들 여지가 없었다.

어쩌면 이미 모두 주인이 정해졌을 것이다.

그렇기 때문에 깔끔하게 포기해야 했나. 이차피 내가 봤을 때 나에게 가장 알맞은 건 이 그림이었다.

계속 이 그림에 대해 설명하자면, 지금 당장은 그냥 평범한 그림일 뿐이었다.

하지만 이 그림엔 큰 비밀이 숨겨져 있었다.

탁.

난 잡화점에서 사 온 화섭자에 불을 붙였다.

화륵~!

종이와 비슷한 재질의 그림에 불이 닿자 당연히 빠르게 불이 번져 나갔다.

그렇다.

나는 지금 내가 기껏 돈을 주고 산 그림을 불태우고 있었다.

화르르륵.

빠르게 불이 붙는 그림.

200골드나 주고 산 그림을 불태우다니? 미쳤냐고?

당연히 미치지 않았다.

잊지 않았겠지만 난 시간을 거슬렀다. 그렇기 때문에 내가 하는 모든 일은 그것이 다소 황당해 보일지라도 다 이유가 있었다.

그림이 타고 있다.

하지만 놀랍게도 그림은 불이 붙은 그 상태로 몇 분 동안 계속 불타올랐다.

보통의 그림이었다면 이미 재가 되어 없어져야 했을 상황.

하지만 이 그림은 재가 되지 않았다.

그저 계속 타오를 뿐이었다.

얼마나 지났을까? 약간의 시간이 더 흐르고 계속 불타던 그림이 갑자기 변화하기 시작했다.

활활 타오르던 불이 그림 안으로 흡수되기 시작한 것이다.

스으으으~

불이 그림 속으로 사라졌다.

그리고 그림이 변해 있었다.

불타기 전과 비교했을 때 확실히 다르게 느껴지는 그림.

그것은 열기(熱氣)였다.

그림은 놀랍게도 불[火]의 기운을 흡수한 후 열기를 뿜어내고 있었다.

"일단 첫 번째는 완료."

하지만 이게 끝이 아니었다. 아직 네 가지 작업이 더 남아 있었다.

이 그림의 정체는 천지조화(天地造化) 오행신검(五行神劍)이라고 불리는 절세 신공의 비급이었다.

무려 최상급(S급) 무공.

일반적으로 유저가 필드에서 얻을 수 있는 무공의 한계는 상상(AA) 급까지였다.

그 이후에 존재하는 최상급(S급)이나 초월급(SS급)들은 아주 특별한 퀘스트나 특별한 네임드 몬스터를 잡아야 얻을 수 있는 것들이었다.

지금 내 눈앞에 있는 그림도 어찌 보면 퀘스트였다.

관찰 스킬이 하이 마스터(150) 이상에 오르거나 레벨이 500 이상이 되면 이 그림에 숨겨져 있는 글자를 읽을 수 있다.

그 글자가 바로 이 그림의 비밀을 알려주는 힌트였다.

당연히 지금 이 그림의 비밀을 알 수 있는 사람은 없다. 유저들 평균 레벨은 50도 되지 못했고 스킬 또한 종류에 상관없이 빨리 올린 사람이 익스퍼트 정도였다.

지금 당장 이것의 비밀을 풀 수 있는 사람은 오로지 나뿐이었다.

당연히 글자 같은 것은 보이지도 않지만 전혀 상관없었다. 난 글자 내용을 다 알고 있었기에 관찰 스킬을 올릴 필요도, 레벨을 올릴 필요도 없었다.

사기?

맞다.

이건 사기였다.

하지만 상관은 없었다.

어차피 이 그림은 정해진 순서대로 다섯 번의 특수한 처리만 해주면 최상급 무공을 토해내게 되어 있었다.

천지조화 오행신검이 보통 무공인가?

언젠가 유저들 사이에서 가장 뛰어난 스킬(무공)을 뽑아보자는 투표가 있었다.

수많은 유저들이 투표에 참가했는데 오행신검은 검법 부분 2위에 올랐다.

오행신검 위에 존재하는 무공 한 가지는 SS급 무공이었기에 사실상 SS급을 제외한 검법 중에는 오행신검이 최고라는 뜻이었다.

그런 오행신검을 'ONE'이 서비스된 지 대략 세 달 만에, 그것도 레벨 1에 얻으려 하고 있었다.

솔직히 내가 봐도 이건 명백한 사기였다.

난 그림을 불에 태운 후 다음엔 물에 담갔다. 당연히 그림은 물[水]의 기운도 흡수해 또 한 번 변했다.

그리고 다음엔 나무에 붙여놓았고, 그다음엔 쇳가루에 묻었다. 그리고 마지막으로 땅에 묻었다.

매번 그림은 변했다.

목(木)의 기운을 흡수하고, 금(金)의 기운도 흡수했다.

마지막으로 땅[地]의 기운까지 흡수하자 그림은 처음의 모습과 완전히 달라져 있었다.

그리고 그림에 떠오르는 구결(口訣)들, 그 첫 번째 문장은 바로 천지조화 오행신검이었다.

비급(秘笈) [천지조화(天地造化) 오행신검(五行神劍)].

태초부터 존재한 오행의 검은 하늘과 땅을 움직인다. 그대가 원한다면 오행의 힘은 그대에게 무한의 능력을 선사할 것이다. 검을 들어라! 그리고 휘둘러라! 천지조화 오행신검, 이것은 너의 의지를 온 세상에 전할 것이다.

무공(스킬):〈오행신검〉.

능력치:없음.

특수 효과:비급을 익힐 경우 화(火), 수(水), 목(木), 금(金), 토(土)의 친화도가 각각 +10됩니다.

특이사항:무공을 익히면 그림은 자동으로 소멸됩니다.

등급:최상급(S급).

난 이렇게 오행신검을 얻었다.

내 손에서 재가 되어 사라지는 한 폭의 그림. 이로써 난 내가 원하는 것 중 세 가지를 얻었다.

스킬로는 관찰이 있었고, 무공으로는 분심공과 오행신검이 있었다.

모두 아주 뛰어난 것들이었다.

이제 남은 건 하나.

난 마지막으로 남은 그 하나를 얻기 위해 조금 멀리 이동할 필요가 있었다.

*　　　*　　　*

당황스럽게도 난 엉뚱한 곳에서 최대 위기를 맞이했다.

난 마지막 한 가지를 얻기 위해 이동을 해야 했다.

단순한 이동이었지만 그 거리가 꽤 멀어 시간이 좀 걸릴 것으로 예상되었다.

어떻게 보면 지금까지 내가 한 일 중 가장 쉬운 일이었다.

하지만 내가 생각하지 못한 게 있었다.

바로 내 레벨이 1이란 것이었다.

난 진짜 몇 번의 죽을 고비를 넘겼다.

만약을 대비해 사둔 최고급 응급 처치약이 아니었으면 난 아마 전혀 예상도 하지 못한 황당한 곳에서 첫 번째 죽음을 경험했을 것이다.

죽는 건 상관없었다.

자유도가 거의 무한에 가까운 'ONE'에서는 당연히 죽음에 대한 페널티가 무지막지하게 컸다. 한 번 죽을 때마다 경험치가 대폭 깎이고 스킬 숙련도도 대폭 하락했다.

그나마 아이템은 PvP 존이나 던전 같은 정해져 있는 특수한 지역에서만 떨어뜨렸지만 어쨌든 이 두 가지만으로 엄청 큰 페널티였다.

하지만 그게 끝이 아니었다. 부활 대기 시간이란 것이 있었는데 그것이 무려 현실로 3일—게임 시간으로 9일—이었다.

물론 죽음의 유예 시간이라는 게 있어 죽은 뒤 5분간은 부활을 받을 수 있었다.

부활은 여러 가지 방법으로 가능했는데, 중요한 건 모든 부활은 전투 상태가 아닐 때 가능하다는 점이었다(부활을 받았다고 해도 경험치나 스킬 숙련도는 떨어졌다. 여기서 부활은 그저 다시 살아나는 것일 뿐이었다. 일단 한 번 죽었다는 사실은 변함이 없었다).

부활을 받으면 부활 대기 시간—9일—은 없어졌다.

하지만 사실 5분은 그다지 길지 않은 시간이었다. 특히 치열한 전투 중이라면 5분은 정말 금방 지나가 버린다.

다행인 건 레벨 5까지는 그러한 죽음의 페널티가 없었다.

하지만 그래도 부활을 하기 위해서는 유령 상태로 영혼이 저장된 영혼석까지 돌아와야 했다.

유령이 되면 나에게는 유저나 몬스터, NPC들이 전부 보이지 않았다. 물론 그들도 나를 볼 수 없었다. 결국 유령이 되면 그저 무작정 영혼석이 있는 곳으로 뛰는 수밖에 없었다.

내 영혼이 저장되어 있는 곳은 현문성.

만약 내가 이동 중에 죽었다면 다시 현문성으로 돌아와 부활을 해야 한다는 소리였다.

내가 가야 할 곳이 대략 게임 시간으로 일주일은 걸어가야 하는 곳이었으니 만약 중간에 죽는다면 그 시간적 손해는 상당했다.

어쨌든 죽으면 무조건 손해였다.

덕분에 난 별짓을 다 하며 살기 위해 노력했다.

중간에 죽은 척도 몇 번이나 했고―덕분에 유저들 사이에서 필살의 탈출기로 불리던 '죽은 척하기〈C급〉' 스킬을 습득했다―숨이 멎을 것 같을 때까지 달리는 선 늘 있는 일이었다.

그렇게 몇 번의 큰 위기를 넘기고 결국 나는 내가 원했던 곳에 도착했다.

확실히 'ONE'을 시작하고 처음으로 맞이한 대위기였다.

여하튼 난 그 위기를 어찌어찌 간신히 넘겼다.

그리고 드디어 도착했다.

절경(絶景)!

한마디로 그렇게밖에 표현할 수 없을 것 같은 모습이었다.

비록 가상 현실 안이었지만 이것을 본 사람들은 모두 손가락을 치켜세우며 최고라고 말했다.

아직은 아는 사람이 별로 없어서 그렇게까지 유명하지는 않았지만 이제 곧 많은 사람들에게 알려질 곳이었다.

그리고 좀 더 많은 시간이 지나면 또 다른 이유로 엄청나게 사람들이 몰려들 곳이기도 했다.

일명 천룡벽(千龍壁)이라 불리는 그곳!

천 마리의 용이 하늘로 승천하는 모습이 담겨 있는 거대한 절벽이 바로 내가 찾아온 그곳이었다.

"천룡벽! 역시 변함없이 그대로군."

전생에서도 수없이 바라본 천룡벽이었지만 그 어마어마한 크기와 장엄한 기운은 늘 가슴을 벅치게 만들었다.

아마 시간이 지나면 수많은 사람들이 천룡벽은 무조건 세계 보호유산으로 정해야 한다는 황당한 주장까지 나올 것이다.

그것은 천룡벽이 얼마나 대단한 광경을 만들어내고 있는지 단적으로 보여주는 일이었다.

"하지만… 정작 천룡벽이 더 유명해진 건 그 뒤의 일이었지."

그렇다.

그 모습만으로 사람들을 사로잡은 천룡벽이 더 어쩌면 동대륙에서 가장 유명한 지형지물이 된 이유는 그 뒤에 생긴 한 가지 사건 때문이었다.

"그 사건 이후로 이곳의 이름은 바뀐다. 바로 천룡무벽(天龍武壁)으로!"

천룡벽의 이름마저 바꿔놓은 그 사건.

그 사건의 중심에는 바로 천룡겁(千龍怯), 또는 천룡의 난(亂)이라 불리는 대규모 길드 전쟁이 있었다.

CHAPTER 09
마지막 한 가지

The 더 로 드
LORD

갑작스럽게 터져 나온 한 가지 발표와 동시에 동대륙에서 이름 좀 날린다는 수많은 길드들이 한꺼번에 이곳 천룡벽의 소유권을 주장하고 나섰다.

그들은 천룡벽이 한눈에 내려다보이는 몇몇 장소를 장악하고 다른 이들이 들어오지 못하게 했다.

당연히 전쟁이 일어날 수밖에 없었다.

그렇다면 왜 다수의 길드들이 갑자기 천룡벽의 소유권을 주장한 것일까?

이 분쟁의 시작은 앞에서도 한 번 얘기했던 비밀 파괴자 동방갑자 때문이었다.

동방갑자는 대략 ‘ONE’이 서비스되고 현실로 3년 정도가 지났을 때 엄청난 발표를 한다.

천룡벽에는 엄청난 비밀이 숨겨져 있다. 그곳은 살아 있는 무(武)의 보고이자 무의 스승이다. 그곳에 숨겨져 있는 무공은 수백, 아니, 수천, 수만 가지? 사실 나도 정확히 모른다. 어쩌면 무한에 가까울지도 모른다. 한 가지 확실한 건 나 역시 그곳에서 몇 가지 무공을 습득했고 지금 그 무공들은 내가 주로 사용하는 주력 무공이라는 사실이다. 난 비밀 파괴자로서 이 비밀을 좀 더 일찍 공개했어야 할지 모른다. 하지만 나 역시 한 사람의 인간으로서 망설일 수밖에 없었다. 용서를 바라지는 않는다. 다만 지금이라도 많은 유저가 그곳에서 깨달음을 얻기를 바랄 뿐이다.

간단하고 짧은 발표였지만 그것은 엄청난 파장을 일으켰다. 많은 사람들이 천룡벽으로 몰려들었다.

심지어 서대륙에서 게임을 즐기던 유저들은 왜 서대륙에는 천룡벽 같은 것이 없냐고 거세게 항의하기까지 했다.

그 뒤 대형 길드들이 천룡벽의 소유권을 두고 전쟁을 벌이고 난리가 났었다. 하지만 천룡벽은 대형 길드들의 행태에 불만을 느낀 엄청난 수의 일반 유저들이 강력하게 반발하면서 결국 그 누구의 것이 아닌 모두의 것이 되었다.

그 뒤 천룡벽은 천룡무벽이 되었고, 많은 사람들이 그곳에서 무공을 얻었다.

재미있는 건 그곳에서 무공을 얻은 이 중 같은 무공을 얻었다고 알려진 이는 한 명도 없었다.

최초 동방갑자의 발표가 있고 나서 사람들은 아무나 무조건 무공을 얻을 수 있을 것이라 생각했지만 그건 큰 오산이었다.

천룡벽은 의외로 깐깐했다.

깨달음이란 다소 뭐라 정의하기 모호한 단계를 거친 이들에게만 무공을 내주었다.

그것도 전부 다른 종류의 무공들이었다.

등급도 달랐고, 그 성질도 달랐다.

공통점은 하나도 없었다. 사람마다 각기 다른 무공. 어떤 이는 하급의 검법을 얻었고 어떤 이는 상급의 내공심법을 얻었다.

무엇이 진정 천룡벽의 무공인지 아무도 몰랐다.

어떤 사람들은 조심스럽게 그 모든 것이 천룡벽의 무공이라 말했다.

또 어떤 사람들은 그 모든 것이 천룡벽의 무공이 아니라고 말했다.

무엇이 진실인지는 중요하지 않았다.

중요한 건 천룡벽에는 심오한 무공의 구결이 숨겨져 있었고, 그 구결은 무한에 가까운 변화를 담고 있었다.

전생에서 나는 천룡벽의 무공을 얻지 못했다.

이유는 모른다.

내가 무엇인 부족했는지 천룡벽은 나에게 무공을 내어주지 않았다.

천룡벽의 무공은 오로지 연자(緣者)만 얻을 수 있다고 했다. 전생에서의 나는 연자가 아니었다.

하지만 지금의 나는?

연자가 될 것이다.

어떤 자격을 얻어야 연자가 되는지 솔직히 알지 못했다.

이번만큼은 미래를 알고 있는 나라도 답을 알지 못했다.

그렇기 때문에 지금 나에게 필요한 건 노력이었다.

"여기쯤이 좋겠군."

난 천룡벽이 한눈에 내려다보이는 명당자리를 찾았다. 그리고 그곳에 간단한 움막을 짓고 자리를 잡았다.

간단히 먹을 수 있는 음식도 충분히 준비해 왔다.

준비는 끝났다.

남은 건 하나, 바로 천룡벽을 내려다보며 나 자신과의 싸움을 시작하는 것이었다.

최초 내가 최대한으로 설정한 시간은 게임 시간으로 두 달이었다.

이미 게임 시간으로 9개월 이상을 소비했기에 앞으로 동대류에서의 여유 시간은 3개월 정도밖에 없었다.

　게임 시간으로 1년, 이게 내가 얻어야 하는 네 가지를 위해 할당한 시간이었다.

　너무 여유를 부릴 수는 없었다.

　아무리 터무니없는 정보 부족으로 초기의 'ONE'은 발전 속도가 무척 더디겠지만 그래도 너무 늦어지면 내가 미리 선점하려고 했던 것들을 남들에게 빼앗길 위험이 있었다.

　난 두 달이란 시간 동안 천룡벽에서 나에게 맞는 무공을 얻을 생각이었다.

　난 이미 게임을 시작하기 전에 단학(丹學)을 공부하며 참선에 익숙해져 있었다.

　천룡벽을 염두에 두고 배웠던 단학.

　그것이 어떤 도움을 줄지는 솔직히 몰랐지만 어쨌든 나는 자리를 잡고 앉아 참선을 하며 관찰 스킬을 최대한 이용해 천룡벽을 살펴보았다.

　사람들이 흔히 지루하다는 말을 많이 한다.

　내가 단연코 확신하건대 천룡벽을 바라보며 참선을 하는 것만큼 지겨운 것은 없을 것이다.

　난 두 달 동안 참선을 하며 천룡벽을 바라보았다.

　하지만 나는 아직 무공을 얻지 못했다. 최초 두 달이란 시간을 한계로 보았기 때문에 나는 사실 여기서 포기해야 했다.

　하지만 아쉬웠다.

전생에서도 얻지 못했던 천룡벽의 무공이다.

그런데 다시 한 번 기회를 얻고도 또 얻지 못한다는 사실이 나를 포기하지 못하게 했다.

위안이라면 관찰 스킬이 무척 잘 오르고 있다는 것 하나?

어느새 마스터의 경지에 오른 관찰 스킬은 벌써 104.020을 기록하고 있었다.

하지만 관찰 스킬은 스킬 숙련도만 잘 오를 뿐 천룡벽에서 아무것도 찾아내지 못했다.

'무엇이 문제인가?

난 근본적인 부분부터 다시 생각해 보기로 했다.

'왜 난 깨달음을 얻지 못하지?

끊임없이 나 자신에게 물음을 던졌다.

'무엇을 원하는가?

'난 왜 시간을 거슬러 오르면서까지 게임에 집착하는가?

'지난 생이 후회스러운가?

'겨우 게임일 뿐인데… 왜 그토록 목을 매는가?

'결국 내가 원하는 건 한 줄의 무공뿐인가?

수많은 의문들. 난 스스로 묻고 스스로 답했다.

난 그렇게 점점 무아(無我)의 경지로 빠져들었다.

음식을 먹는 것도 잠을 자는 것도 잊었다.

환각일지 몰라도 난 나 자신이 게임에 접속해 있다는 사실

도, 그리고 일정 시간이 지나면 게임 접속을 잠시 해지해야
한다는 사실도 잊었다.

그렇게 시간이 흘러갔다.

원래 현실 시간으로 이틀이 지나 위험 경고가 뜨면 자동으
로 게임의 접속이 해지되게 되어 있었다.

하지만 난 그런 것조차 잊어버렸다.

며칠이 지난 건가?

한계 접속 시간인 이틀을 훌쩍 넘겼지만 접속은 해지되지
않았다.

이유는 나도 몰랐다.

이미 난 내가 지금 게임을 하고 있다는 것 자체를 잊었기에
그런 것을 고민할 상황이 아니었다.

나는 나를 바라보있다.

왜 내가 나를 바라볼 수 있는지는 나도 몰랐다.

나는 나에게 물었다.

그리고 나는 대답했다.

질문과 답.

그것은 계속해서 이어졌다.

얼마의 시간이 지났을까? 나는 결국 나에게 마지막으로 물
었다.

'넌 지금 행복한가?'

그리고 대답했다.

'행복……. 그래, 지금 난 행복하다.'

난 행복했다.

후회스럽던 내 삶을 바꿀 수 있다는 것이, 다시 한 번 나에게 기회가 주어졌다는 것이 너무나 행복했다.

居卑而後 知登高之爲危 (거비이후 지등고지위위)

處晦而後 知向明之太露 (처회이후 지향명지태로)

守靜而後 知好動之過勞 (수정이후 지호동지과로)

養默而後 知多言之爲躁 (양묵이후 지다언지위조)

낮은 곳에 있어본 뒤에야

높은 곳에 올라감이 위험한 줄을 알게 되고

어두운 곳에 처해본 뒤에야

빛을 향함이 눈부심을 알게 된다.

고요한 것을 간직해 본 뒤에야

움직이기 좋아함이 지나치게 수고로운 것임을 알게 되고

침묵하는 것을 길러본 뒤에야

말 많음이 시끄러운 것임을 알게 되리라.

[절망과 희망을 동시에 본 너에겐 분명 자격이 있다!]

머릿속에 각인되듯 새겨지는 진언(眞言).

그리고 마치 서로를 끌어당기듯 하나가 되어가는 두 명의
나. 그렇게 두 명의 내가 서로에게 다가가는 순간 알 수 없는
폭발이 일어났다.

번쩍!

그건 빛이었다.

나는 나와 하나가 되며 거대한 빛무리에 빨려들어 갔다.

몇 번의 시스템 메시지가 들려왔다. 하지만 그 메시지에 신
경 쓸 틈도 없었다. 난 빠르게 현실로 돌아와 천룡벽 앞에서
좌선하고 있던 내 몸속에 거칠게 자리 잡았다.

"컥!"

약간의 충격.

그것은 시스템이 나에게 보내는 경고 같은 것이었다.

—띠이! 위험합니다. 당신은 한계 접속 시간을 넘겼습니다. 사
용자의 안전을 위해 접속을 강제로 해제합니다.

푸슛!

강제로 접속이 해제되며 가상 현실 캡슐 뚜껑이 자동으로
열렸다.

"허억!"

그때서야 확실히 정신이 돌아온 나는 숨을 크게 들이쉬며
캡슐에서 일어났다.

모든 것이 꿈처럼 느껴졌다.

하지만 꿈이 아니었다.

나는 정말 천룡벽에서 무공을 얻었다.

"이건 도대체……."

시간을 확인했다.

무려 4일이 지나 있었다. 아무리 캡슐에 최소한의 생명 유
지 장치가 탑재되어 있다지만 무려 4일간 게임 속에 있었다
니 이건 정말 상식적으로 설명이 불가능한 일이었다.

나는 한동안 멍하니 자리에 앉아 있었다.

어떻게 된 것일까?

하지만 아무리 나라고 해도 그 이유를 알 수 없었다.

"하긴, 난 이미 현실적으로 불가능한 일을 하고 있었지."

왜 갑자기 그때 그 검은 옷을 입은 남자가 떠오른 걸까? 확실히 난 이미 현실과는 거리가 멀어진 사람이었다.

그런 나에게 이런 일쯤이야…….

"후우~ 배고프군."

배가 고팠다.

당연할지 몰랐다. 캡슐의 생명 유지 장치는 말 그대로 몇 가지 필수 영양분을 공급하여 생명을 유지시켜 주는 장치였다.

그렇기에 4일 동안 아무것도 먹지 못한 나는 당연히 배가 고팠다.

캡슐에서 일어난 나는 주방으로 향했다.

뭔가를 먹기 위해서였다.

주방을 향해 가던 난 잠시 걸음을 멈췄다. 그리고 뒤를 돌아보았다.

가상 현실 캡슐이 보였다.

아주 잠깐 난 그것을 쳐다보았다.

"난 지금 진짜 게임을 하고 있는 건가?"

현실보다 더 현실 같은…….

'ONE' 이 원래 그런 게임이라지만 왠지 요 며칠 동안 겪은 일들은 게임보다 현실 쪽에 가까운 느낌이었다.

난 게임을 즐기고 있지만 과연 이게 진짜 게임인지 의문스

러울 정도로 생생한 경험을 했다.

그리고 난 분명 마지막 순간 뭔가 굉장히 중요한 걸 본 것 같았다.

그 하얀 빛, 그 속에서 느껴지던 뭔가, 뭔가……

"젠장!! 현실보다 더 현실 같은… 망할… 게임을 왜 이렇게 잘 만든 거야!"

불평 아닌 불평이었다.

내가 지금 할 수 있는 일은 이 정도밖에 없었다. 이상하고 신기하면서 도저히 이해가 되지 않는 일이었지만 이미 새로운 인생을 살고 있는 나에게 한 번 더 이상한 일이 일어나지 말라는 법은 없었다.

난 그저 게임이 너무 현실적인 것이라고 생각하기로 했다.

어쩔 것인가?

DH소프트에 전화해서 따질 것인가?

그럴 순 없었다.

게임이 너무 현실 같고 완벽하다며 따질 수는 없었다.

완벽한 게임, 난 어쩌면 'ONE' 이 이런 게임이었기에 그토록 후회하고 좌절했을지 모른다.

꼬르륵.

뱃속에서 울려오는 신호는 잠시 동안 이상한 생각을 했던 나에게 현실을 알려주었다.

"크윽~"

지금은 일단 밥을 먹어야 할 때였다.

밥을 먹고 대충 체력을 보충한 나는 아주 잠시 휴식을 취한
후 다시 게임에 접속했다.

일단 접속을 한 후 빠르게 공복도를 채운 나는 내가 강제로
접속을 해지당하기 전에 얻었던 그것을 확인해 보았다.

동대륙에서 얻어야 할 네 가지 중 마지막.

그것은 내가 천룡벽에서 얻은 '지존신공' 이라는 무공이었
다.

[지존신공(至尊神功)].

　　당신은 천룡의 시험을 통과한 후 당신 스스로 절대무공 하나를 만들
었다. 그것의 이름은 지존신공. 이것의 힘은 오직 당신만이 이끌어낼 수
있다. 어디론가 전해질 지존의 전설은 아마 이 무공으로부터 시작될지도
모른다.

숙련도:0.
효과:미확인(숙련도를 올리면 확인 가능).
특이사항:미확인(숙련도를 올리면 확인 가능).
등급:초월급(SS급).

"어헉!"

난 놀랐다. 숙련도를 올리지 않아 어떤 무공인지는 몰랐지
만 그 등급이 초월급이라니!!

초월급의 무공을 실제로 본 건 나도 처음이었다.

소문으로는 몇 번 들었다.

하지만 내가 알고 있기론 'ONE'이 8년 동안 서비스되면서 초월급 무공(스킬)은 단 일곱 개만 등장했다.

당연히 중복된 건 하나도 없었고 모두 오로지 한 개씩만 존재했다.

초월급 무공이나 스킬을 지닌 이들은 모두 'ONE'에서 특급으로 분류되던 유저들뿐이었다.

그들이 얼마나 대단했는지는 그들이 다른 유저들과는 구분되어 따로 어떻게 불렸는지를 알면 되었다.

천무칠성(天武七星).

또는 세븐 스타(Seven Star)라고 불렸던 그들.

무공(스킬)이 궁극에 이르면 그 차이가 없어지는 게 맞지만 예외가 존재했으니 그게 바로 초월급 무공(스킬)이었다.

그렇기 때문에 더욱 특별할 수밖에 없는 천무칠성.

난 지금 그 천무칠성만이 얻었다는 초월급 무공을 무려 레벨 1에 얻어버렸다.

이건 쾌거라고 해야 할지, 아니면 엽기라고 해야 할지 모르겠는 상황이었다.

"기뻐해야 하는 거 맞지?"

나는 너무 대단한 무공을 얻어서 오히려 실감이 나지 않았다.

그 이름도 너무나 마음에 드는 '지존신공'.

난 그렇게 말로만 듣고 소문으로만 알고 있던 초월급을 얻었다.

"참, 천룡신체는 뭐지?"

무공을 확인하던 나는 갑자기 천룡벽의 축복으로 내가 천룡신체가 되었다는 것을 깨달았다.

상태창 오픈!

난 재빨리 상태창을 열었다.

천룡신체를 확인하기 위해서였다.

[이름]:신　　　　　[호칭]:더 로드(The Lord)
[직업]:없음　　　　[성향]:중립
[종족]:인간　　　　[체질]:천룡신체(天龍身體)
[레벨]:1 [0%]
[근력]:10　　　　　[민첩]:10
[체력]:7　　　　　 [지능]:7
[지혜]:5　　　　　 [매력]:9
[생명력(HP)]:280/280
[마력 (MP)]:186/186
[공격력]:2　　　　 [방어력]:2
[스킬(무공)]:
　관찰[D], 분심공[AA], 오행신검[S], 지존신공[SS]
[속성 친화력]
[화]:10　　　　　　[수]:10
　⋮

신체가 내가 선택했던 호골체(虎骨體)에서 천룡신체로 바뀌어 있었다.

그뿐이 아니었다.

천룡신체의 효과 때문인가?

기본 능력치와 마력이 크게 상승해 있었다.

기본적으로 인간은 열 가지 신체를 선택할 수 있었는데 내가 선택한 호골체는 힘과 민첩이 높은 신체였다.

공격력이 상당하기 때문에 많은 유저들이 즐겨 선택하는 그런 육체였다.

하지만 그래 봤자 호골체의 기본 능력치는 근력 9에 민첩 8이었다. 나머지는 뭐 거의 볼 필요도 없을 정도였다.

그런데 천룡신체로 바뀌며 두 능력치 모두 10이 되었고 나머지 능력치도 상당히 높아져 있었다.

"천룡신체는 나도 처음 듣는 건데……."

'ONE'에서는 특수한 이벤트나 퀘스트, 또는 아이템을 통해 체질을 변형시킬 수 있었다.

체질의 종류는 수없이 많았고, 나 또한 이미 한 가지 체질을 염두에 두고 그 체질로 변형시킬 생각이었다.

그런데 엉뚱하게 천룡신체를 얻었다.

그리고 천룡신체의 능력치는 그 어떤 체질보다 월등히 좋았다.

> **천룡신체(天龍身體).**
>
> 천룡의 피를 이은 그대에게는 언제나 용의 축복이 함께한다.
>
> 능력:힘과 민첩이 큰 폭으로 상승하고 만물(萬物)을 억누르는 위엄이 느껴집니다. 지능과 체력도 보통 이상의 능력을 지니고 있습니다.
>
> 특이사항:마력(내공)이 30% 상승합니다.

"최고군."

최고였다.

내가 알고 있는 그 어떤 체질보다 좋다.

힘은 최고의 체질이라는 하프 오우거(Half Ogre)의 그것과 동등했고, 민첩은 민첩 체질 중 가장 뛰어나다는 흑표신체(黑豹身體)의 능력과 같있다.

그뿐인가? 매력은 거의 최상급 매력 체질과 동등했고, 체력과 지능 또한 거의 상급 체질과 비슷한 수준이었다.

거기에 결정적으로 마력을 30% 상승시켜 주는 특수 옵션은 말 그대로 결정타였다.

앞으로 난 레벨업을 할 때마다 최고 수준의 힘과 민첩을 가질 수 있게 되었다. 거기에 최상급 수준의 매력과 상급 수준의 체력과 지능은 보너스였다.

물론 마력 30% 상승 옵션은 늘 유지되며 나에게 큰 힘이 되어줄 것이다.

완벽한 만능형 신체.

그게 바로 천룡신체였다.

"이게 바로 기연(奇緣)이라는 건가? 너무 대단한 걸 한꺼번에 얻으니까 좀 황당하기도 하네."

난 약간은 실감이 안 나는 게 사실이었다.

누군가 나를 도와주기라도 하는 걸까?

그때 보았던 그 남자, 혹시 그 남자가 지금 이 순간에도 나의 인생에 관여하고 있는 건 아닌 걸까?

많은 의문이 생겼다.

솔직히 좀 불안하기도 했다.

지존신공과 천룡신체 둘 모두 내가 생각지도 못한 엄청난 것들이었다.

하지만 너무 엄청난 것들이라 부담스러웠다.

물론 기분이 좋은 건 사실이었다. 누가 이런 기연을 마다하겠는가?

그러나 난 이미 내 스스로 많은 기연을 만들었다. 그런 나에게 내가 의도하지 않은 기연마저 생기는 건 너무 과도한 행운인 느낌이었다.

"휴우~ 하지만 이미 벌어진 일이니 어쩔 수 없지. 실감은 좀 안 나지만 일단 어쨌든 여기서 할 일은 전부 끝난 건가?"

난 더 이상 이 문제를 생각하지 않기로 했다.

누가 나를 돕든 말든 상관없었다. 어차피 한 번 헤어 나올 수 없는 좌절을 겪었던 나다.

그 좌절을 날려 버릴 수 있는 기회가 주어진 지금 넘쳐나는 행운 따위에 겁먹고 있을 내가 아니었다.

난 현재 여기서 할 일만 끝낸 게 아니라 애초에 다른 곳에서 하려고 했던 일마저 하나 끝냈다.

네 가지를 얻으려고 했는데 다섯 가지를 얻은 상황.

딱 좋았다.

천룡벽에서 너무 많은 시간을 소비해서 걱정이었는데 얼떨결에 한 가지 일을 해결하는 바람에 시간이 부족하지 않을 것 같았다.

"이제 또 한 번의 난관이 남았군."

여기서 얻을 것은 모두 얻었다.

하지만 아직 넘어야 할 난관 한 개가 남아 있었다.

이번에는 뭔가를 얻는 게 아니었다. 굳이 이 난관에 대해 얘기하자면 일종의 무한 반복 모험?

어쨌든 쉽지 않은 일이었다.

"자, 그럼 다시 길을 떠나볼까?"

그 난관을 위해서는 또 한 번 이동해야 했다. 이번에는 충분히 위험하다는 걸 알고 있기에 최대한 조심스럽게 이동 경로를 설정했다.

"목표는 폭풍해안! 가자!"

나는 다시 길을 떠났다.

벌써 내가 'ONE'을 플레이한 지 1년(게임 시간)이 다 되어 가는 상황. 현실 시간으로는 대략 4개월이 흐른 상태였다.

많은 이들이 아마도 이제 100레벨을 넘으면서 슬슬 이 'ONE'이라는 게임이 어떤 게임인지 알아가고 있을 것이다.

하지만 나는 아직도 레벨 1이었다.

심각하게 뒤처졌다면 뒤처진 레벨이었다.

그러나 나는 전혀 걱정하지 않았다.

지금은 레벨이 문제가 아니었다.

레벨은 언제라도 빠르게 올릴 수 있었다. 실제로 몇 가지 레벨을 빨리 올리기 위한 좋은 방법을 생각해 두고 있기도 했다.

궁극적으로 내가 제대로 레벨을 올리는 건 아마도 직업을 얻은 후가 될 것이다.

그리고 그 직업은 이곳에서 얻을 수 있는 게 아니었다.

고로 나는 이곳을 벗어날 필요가 있었다.

CHAPTER 10
서대륙을 향해!

The 더로드
LORD

　며칠 동안 걸어서 폭풍해안에 도착한 나는 근처 마을에서 생각해 뒀던 것들을 준비하기 시작했다.

　그나마 천룡벽이 폭풍해안과 가까워서 다행이었다.

　만약 멀었다면?

　난 아마 엄청 고생했을 것이다.

　폭풍해안 근처 마을에서 약간의 돈을 주고 영혼석에 영혼까지 각인시킨 나는 그동안 낚아 올렸던 대어들을 다시 풀어 놓기 시작했다.

　이제야 게임에 대해 좀 알게 된 유저들은 내가 싼값에 사들였던 그 물건들을 다시 비싼 값에 사가기 시작했다.

거의 바닥을 보이던 내 재산이 다시 불어나기 시작했다.

내가 가지고 있던 대어들은 경매장에 올라가기만 하면 무섭게 경쟁이 붙어서 서로 사려고 난리였다.

특히 몇몇 물건은 경매 연장을 신청하면서까지 서로 사려고 했다.

경매 금액으로 봐서는 대형 길드까지 나선 게 분명했다.

어차피 나야 가명으로 물건들을 풀고 있었으니 그들이 어떤 경쟁을 펼치든 별로 상관없었다.

난 그렇게 차근차근 물건을 풀면서 내가 생각해 뒀던 몇 가지 특이한 물건들을 제작하기 시작했다.

마침 마을엔 솜씨 좋은 NPC 대장장이가 있었기 때문에 굳이 대장장이 유저들을 찾지 않아도 충분했다.

재료를 사고 물건을 만들고, 그뿐인가? 여긴 해안가 마을이었기 때문에 작은 배 같은 것도 팔았다.

난 그 배도 계속 대량으로 사들였다.

돈은 많았다.

내가 미리 선점했던 물건들을 팔기 시작하자 돈은 주체 할 수 없을 만큼 쌓이고 있었다.

당연히 물건을 만들고 배를 사도 돈은 남았다. 난 남는 돈으로 경매장에 올라온 다양한 종류의 스킬(무공) 서적을 사들였다.

이유는?

당연히 모두 배우기 위해서였다.

특별히 지금 당장 숙련도를 올릴 생각은 없었다. 단지 일단 배워두기 위한 것이었다.

배울 수 있는 스킬 수의 제한 같은 건 없었기 때문에 난 동대륙에 존재하는 거의 모든 종류의 스킬을 다 배워 나갔다.

특수한 물건을 만들고, 배를 사고, 수많은 종류의 스킬을 배우고…….

도대체 내가 무엇을 하려는 건지 궁금한가?

눈치가 빠른 이들이라면 이미 설마 하는 생각이 들었을 것이다.

그렇다.

나는 서대륙으로 갈 생각이었다.

'미쳤어!' 라고 방금 외친 사람, 알고 있다.

나도 지금 내가 하려는 짓이 얼마나 미친 짓인지 잘 알고 있다.

하지만 충분히 생각하고 오랫동안 검토까지 한 일이다.

가능성?

있다.

비록 아주 희박한 가능성이지만 분명히 있었다.

죽음의 산맥 쪽에는 절대 가능성 같은 건 존재하지 않았다.

최초 거기를 통과한 이라고 해봤자 지금으로부터 한 8개월, 게임 시간으로 2년은 더 있어야 한 명 나올 것이다.

　최상위권 유저들로 만들어진 2개의 파티 연합(14명)이 오랜 준비 끝에 도전했는데 끝까지 살아서 죽음의 산맥을 넘은 건 오로지 한 명.

　나중에 그들은 스스로 지금 이 산맥을 넘는 선택을 한 건 잘못된 것이었다고 말했다.

　그렇게 피해를 많이 입고 산맥을 넘었건만 이득은 아무것도 없었기 때문이다.

　산맥을 넘어온 유저도 호기 좋게 넘어온 것까지는 좋았으나 그동안 같이 호흡을 맞췄던 동료들이 전혀 없는 동대륙에서는 활동을 거의 할 수 없었다.

　결국 그래서 그는 죽음의 페널티를 감내하고 다시 서대륙으로 돌아갔다.

　당연히 유령으로……

　사실상 죽음의 산맥을 통한 왕래가 제대로 이루어지기 시작하는 건 현실 시간으로 대략 1년 하고도 6개월이 더 지나서였다.

　그때서야 유저들 스스로가 죽음의 산맥을 가로지르는 긴 길을 만들 수 있었다.

　그렇다면 죽음의 산맥과 비견되는 폭풍해류는?

　딱 잘라 말해서 내가 게임을 그만두는 그날까지도 폭풍해류를 정복한 사람은 아무도 없었다.

　일찍이 해양 쪽에 관심을 뒀던 많은 사람들도 폭풍해류는

다 포기했다.

　서대륙에서 더 서쪽에 존재하는 아이스 랜드(Ice Land)나 동대륙에서 더 동쪽에 존재하는 흑사도(黑死島) 같은 수많은 유명한 섬들을 전부 개척한 그들도 절대 폭풍해류는 넘을 수 없다고 단정했다.

　모두가 절대 넘을 수 없다고 포기한 폭풍해류.

　하지만 늘 그렇듯 꼭 안 된다고 하면 미친 듯이 도전하는 사람들이 있었다.

　마단조(魔單朝)라는 유저가 있었다.

　그녀는 여성 유저로서는 특이하게 남들과는 다른 독특한 삶을 살아갔었다.

　불가능에 대한 도전.

　그것이야말로 그녀가 살아가는 목표였고, 이유였다.

　실제로 현실에서도 오지를 탐험하고 불가능하다고 여겨지는 여러 가지 일에 도전하는 모험가였던 그녀는 게임에서도 결국 그와 비슷한 일을 하기 시작했다.

　그녀는 천룡벽을 맨손으로 기어오른다거나 그 끝을 알 수 없다고 소문난 만장애(萬丈崖)의 끝을 찾겠다고 까마득한 절벽 아래로 내려가곤 했다.

　그녀는 그밖에도 많은 일을 저질렀지만 단연코 그중의 백미는 폭풍해류를 건너겠다고 나섰을 때다.

　많은 사람들이 절대 넘을 수 없다고 선언했던 폭풍해류.

하지만 마단조는 세상일에 절대는 없다고 주장하며 계속 해서 폭풍해류에 도전했다.

이미 그 당시에는 끝없는 도전가라는 별칭으로 유명세를 타고 있는 그녀였다.

그때 당시만 해도 그녀는 몇몇 게임 방송에 자신만의 고정 방송 프로그램까지 있을 정도로 유명했다. 실제로 그녀는 스 폰서까지 두고 있는 프로게이머였다.

이미 많은 지원을 받고 있던 그녀의 도전은 체계적이면서 끈질겼다.

일류 조선(造船) 기술자들과 많은 종류의 특수한 배를 만들 어서 도전하거나 특수한 무공을 입수해 직접 건너가 보려고 하기도 했다.

계속된 실패에도 그녀는 포기하지 않았다.

결국 시간이 많이 흐르고 많은 사람이 떠났다. 스폰서도 떠 나고 그녀를 응원하던 팬들도 떠났다.

당연히 방송국도 관심을 끊었다.

어찌 보면 완벽하게 실패라고 할 수 있는 상황이었다.

하지만 그녀는 포기하지 않았다.

원래 자신이 가지고 있던 재산을 써가면서도 계속 도전했 다.

몇몇 팬들은 이제 그만 포기하고 다른 도전 과제를 찾아보 라고 했지만 그녀는 절대 포기하지 않았다.

어쩌면 그 시기에 그녀는 오로지 고집만 남아 있었을지 몰랐다.

그렇게 또 시간이 좀 많이 흘렀다.

모두가 잊었다. 그나마 조금씩 관심을 가져주던 이들마저 모두 떠났다.

하지만 그녀는 포기하지 않았다.

그리고 그렇게 시간이 지난 어느 날 그녀는 짧은 글 한 줄을 자신의 개인 홈페이지 게시판에 남겼다.

난 드디어 폭풍해류를 건넜다!

그리고 그녀는 더 이상 게임에서 보이지 않았다.

많은 이들은 그런 그녀의 말이 거짓말이라고 했다. 결국 그녀는 거짓말이란 수단으로 마지막을 장식했을 뿐이라고 혹평했다.

하지만 모든 사람이 그녀를 믿지 않은 건 아니었다.

아주 극소수의 사람들은 그녀가 진짜 폭풍해류를 건넜을 가능성이 있다고 생각하고 많은 조사를 했다.

그리고 한 가지 흥미로운 사실을 발견했다.

레벨이 적지 않게 높아 레벨 랭킹 1위부터 10,000까지 나오는 랭킹표에서 중간쯤 속해 있던 그녀의 이름이 갑자기 사라졌다는 점이다.

캐릭터를 삭제해도 랭킹표에서는 빠지지 않는다는 점을 생각하면 무척이나 요상한 일이었다.

그때부터 추리하기를 밥 먹는 것보다 더 좋아했던 몇 사람은 더 집요한 조사를 하기 시작했다.

그리고 조사 끝에 그들은 그녀가 진짜 폭풍해류를 건넜을 가능성이 있다고 말했다.

물론 그들은 철저히 비주류에 속하는 이들이었다.

당연히 그들의 의견은 무시당했고, 사람들은 그들의 조사를 쓸데없는 짓으로 치부했다.

나도 당시에는 그들의 조사를 믿지 않았다.

폭풍해류를 건넌 그녀가 왜 사라졌겠는가? 난 전부 거짓말이니까 사라졌을 것이라고 믿었다.

하지만 그로부터 1년 뒤 내가 시간을 거슬러 오르기 딱 한 달 전, 유명 게임 방송에 정말 오랜만에 얼굴을 비친 한 사람이 있었다.

바로 끝없는 도전가 마단조였다.

그녀는 당당하게 방송에 출현해 그동안 자신을 둘러싼 모든 얘기를 하나하나 해명했다.

그리고 진짜 폭풍해류를 건넌 증거와 그 방법을 자세히 알려주었다.

모든 건 진실이었다.

그녀는 정말 폭풍해류를 건넜고, 그 방법은 단순무식하면서 가장 확실한 것이었다.

　물론 그 대가와 성공 확률이 무시무시했기에 그녀 이후에 아무도 똑같은 방법으로 폭풍해류를 건널 생각은 하지 않았다.

　어차피 죽음의 산맥을 이용하면 편하게 건널 수 있었기에 당연히 그 무시무시한 대가를 치르며 도전할 사람은 아무도 없었다.

　여하튼 그녀는 다시 끝없는 도전가로 화려하게 복귀했다.

　난 지금 그런 그녀가 시도했던 방법으로 폭풍해류를 건너려 하고 있다.

　내가 차곡차곡 모으고 있는 건 작은 나룻배와 내가 들어갈 수 있을 만큼 커다란 물통이다.

　그녀는 나룻배를 타고 폭풍해류가 요동치는 바다 근처까지 간 후 이 물통에 들어가 물통을 완벽하게 밀봉하고 그 안에서 몸을 굴려 폭풍해류에 스스로 뛰어들었다.

　그 뒤는 무조건 모든 것을 하늘의 뜻에 맡기고 오로지 물통 안에서 버티기만 했던 그녀.

　하지만 그녀는 이 방법으로 분명 폭풍해류를 건넜다.

　그런 그녀 때문에 건널 수 있다는 확신을 가질 수 있었던 난 커다란 창고를 하나 대여해서 거기에 나룻배와 물통을 사 모았다.

　앞에서도 말했지만 돈은 충분했다.

지금 이 순간에도 엄청난 액수의 돈이 나에게 배달되고 있었다. 오히려 이대로라면 예상을 훨씬 뛰어넘는 액수의 돈이 남을 것 같았다.

마단조는 대략 314번의 시도 끝에 성공했다고 했다.

그녀는 그러면서 자신은 재수가 좋았다고 말했다. 즉, 재수가 나쁘면 얼마나 더 시도해야 할지 모른다는 소리였다.

난 대략 천 번을 생각하고 있었다.

어차피 난 그녀처럼 죽고 나서 며칠을 기다릴 필요도 없었다. 이동이 불가능한 지역에서 사망할 경우 자동으로 마을로 워프가 되기 때문에 난 바로바로 부활할 수 있었다.

내가 레벨업을 안한 건 다 이런 이유 때문이었다.

레벨 다운도 없었고 스킬 숙련도 다운도 없었다. 아, 내가 열심히 올렸던 관찰 스킬?

그건 어차피 보호 스킬로 지정하면 끝이었다.

그렇게 관찰 스킬을 보호 스킬로 등록하면 죽음이 전혀 무섭지 않은 완전한 캐릭터가 되었다.

죽음에 대한 페널티도 무섭지 않고 부활도 바로바로였다.

남은 건?

당연히 미친 듯이 들이박는 것뿐이었다.

너무나 쉽게 생각했다.

마단조는 어떻게 이걸 314번의 시도 끝에 성공한 걸까?

이번만큼은 천운(天運) 같은 건 내가 아닌 그녀에게 있는 것이라고 생각했다.

난 벌써 무려 2,181번째 시도를 하고 있다.

하루 종일 죽고 부활하고 다시 몸을 던지고 또 죽고 부활하고, 이걸 무한 반복하는 중이다.

대략 하루에 50번 정도를 시도할 수 있었다.

난 대략 현실 시간으로 이 주 동안 이 짓만 계속하고 있었다.

사실 몸도 마음도 무척이나 지쳐 있었다.

아무리 넘어갈 수 있다는 확신으로 무장한 대단한 끈기를 가진 나라고 해도 2,180번 죽고 부활하고를 반복하는 건 견디기 힘든 고역이었다.

그동안 사들인 물통과 나룻배도 엄청났다.

얼마나 그것들을 사들였으면 나와 마을의 대장장이와 조선소 상인의 친밀도가 거의 맥스(MAX)에 가까울 정도였다.

그들은 이제 나를 거의 친구처럼 대한다.

늘 반갑게 인사하는 그들. 하지만 난 진짜 이제 더 이상 그들과 인사하는 건 그만했으면 좋겠다.

폭풍해류에 휘말려 죽는 건 생각보다 엄청난 고통이었다.

도대체 마단조라는 여자는 어떻게 이것을 버텼는지 궁금했다.

난 그녀의 근성을 인정 안 할 수가 없었다.

"휴우~ 여자도 한 걸 내가 못할 리 없다!"

근성이라면 나도 어디 가서 뒤지지 않았다.

당연히 나는 포기할 수 없었다.

멀리 미친 듯이 날뛰고 있는 폭풍해류가 보인다. 징글징글한 광경. 이제는 배에 올라서 눈을 감고 몰아도 폭풍해류 근처까지 올 수 있을 것 같았다.

빠드득..

난 아주 잠깐 폭풍해류를 보며 이를 갈았다.

이건 어쩔 수 없는 자연적인 현상이었다. 아마도 만약 내가 이 폭풍해류를 건넌다면 한동안 이쪽으로는 침도 뱉지 않을 것 같았다.

털컹!

난 준비해 온 물통에 기어들어 간 후 안쪽에서 물통의 뚜껑을 단단히 밀봉(密封)했다.

그리고 폭풍해류 쪽으로 힘차게 몸을 굴렸다.

풍덩!

바다에 빠지는 물통.

바다에 빠진 물통은 빠르게 폭풍해류 쪽으로 빨려들어 갔다.

드드드드!

심하게 요동치는 물통.

난 몸을 물통에 단단히 고정시키고 버텼다.

'제발! 이번에는 제발!!'

그동안 날 잘만 도와주던 하늘이 이번만큼은 왜 이렇게 안 도와주는지 모르겠다.

2천 번이 넘은 지도 좀 되었다.

이젠 좀 넘어갈 때도 되지 않았나?

"제발!!"

그게 내가 심한 어지러움을 느끼며 마지막으로 외친 한 마디였다.

*　　　*　　　*

끼익.

꽝!

난 힘차게 뚜껑을 발로 차버렸다.

아주 잠깐 정신을 잃은 것 같았는데 가상 현실 시계를 보니 무려 하루가 지나 있었다.

"허억! 여기가 어디지?"

물통 밖으로 고개를 내민 나는 주변을 둘러보았다.

해변이었다.

동대륙의 그것과는 조금 달라 보이는…….

"헛!"

난 깜짝 놀랐다.

이곳은 분명 동대륙이 아니었다. 아주 익숙한 풍경은 아니지만 이 분위기는 대충 기억이 났다.

이곳은 틀림없는 서대륙이었다!

"서, 성공인가?"

드디어 그 지긋지긋하던 물통과도 안녕이었다.

난 재빨리 물통에서 뛰쳐나와 해변에 상륙(?)했다.

"대충 용들의 호수 근처인가?"

정확하지는 않았지만 주변 풍경이 왠지 용들의 호수[Dragon Lake] 근처처럼 느껴졌다.

특히나 그 특유의 향기.

좀 짐승 같다고 생각할지도 모르지만 난 확실히 지역마다 각각의 특색있는 향기를 기억하고 있다.

"재수는 좋았군."

확실히 재수는 좋았다.

용들의 호수라면 비교적 안전한 지역이었다. 고대 전설 속에나 등장하는 한 마리의 드래곤이 잠자고 있는 호수와 그 근처 지역을 용들의 호수 지역이라 불렀다.

잠들었다고 해도 드래곤은 드래곤인 건가?

이 호수 근처에는 크게 위험한 몬스터가 존재하지 않았다. 나중에 이 근처에서 몇몇 큰 던전이 발견되겠지만 그건 먼 미래의 일이었다.

"일단 마을로 가자!"

여기서 이렇게 경치나 구경하고 있을 때가 아니었다. 한시가 바빴다.

일단 한시라도 빨리 영혼석에 영혼을 저장해야 했다. 자칫 실수로 죽기라도 한다면? 그 뒤는 생각하기도 싫다

"가만있자… 이 근처에 마을이 하나 있을 텐데."

이 지역의 지형을 잘 알고 있는 건 아니었지만 대충 이 근처에 마을이 하나 있다는 것쯤은 알고 있었다.

어차피 이곳에 위험한 몬스터는 거의 없었다. 원래대로라면 이곳은 일종의 PvP 존이라 몬스터들이 마구 등장하는 지역보다 더 위험할 수 있는 곳이었다. 하지만 아직은 아무도 이곳을 점령한 이들이 없을 테니 내가 PvP 모드만 활성화시키지 않으면 끝이었다.

난 재빨리 기억을 더듬으며 마을을 찾아갔다.

기억력이 너무 좋은 걸까?

솔직히 요즘은 나도 내 자신이 이상하게 생각될 정도로 기억력이 상당히 좋아져 있었다.

정확히 언제부터 이렇게 똑똑해졌지?

시간을 거슬러 올랐을 때부터? 그때쯤이었던 것 같기도 하다. 특히 게임에 관련된 것들은 너무나 잘 기억이 났다. 내 집념이 만들어낸 기적일까?

뭐가 어찌 됐든 확실히 여러 가지를 기억해 낼 수 있다는 건 여러모로 도움이 되었다.

이런 식으로!

마을이었다.

비교적 큰 규모의 마을.

마을도 여러 종류가 있었는데 이 정도 크기의 마을은 대략 Town[자치시] 급 정도였다.

마을은 그 크기의 따라 여러 종류로 나뉘었는데 최초 Hamlet[촌락]을 시작으로 그다음이 Village[중형 마을]이었다.

그리고 그다음이 Town이었고, 그 위로 City[도시]가 있었다.

이 네 가지 분류를 제외하고도 여러 가지 특수한 분류가 존재했지만 어쨌든 이 네 가지가 가장 대표적인 마을의 분류였다.

더 자세하게 분류하자면, 각 등급마다 또 세부적인 등급을 표시하기도 했지만 일단 지금 그건 별로 중요하지 않았다.

Town 급 마을이라서 그런지 입구에서부터 다른 허술한 마을과는 조금 달라 보였다.

특히 동대륙과 서대륙은 그 분위기가 조금 다르다는 것을 마을의 초입부터 확 느낄 수가 있었다.

철컥!

두 자루의 장창을 교차시키며 나를 막는 경비병들.

그들은 마을의 자치대 소속 NPC였다.

“멈춰라.”

“누구냐?”

두 사람은 각각 다른 말을 하며 나를 경계의 눈빛으로 쳐다보았다.

어차피 난 이런 반응을 이미 예상하고 있었기 때문에 당황하지 않았다.

애초에 용들의 호수는 시작 지점 중 하나가 아니었고 서대륙에서도 무척 오지에 속하는 곳이었기 때문에 아직까지는 유저들의 방문이 뜸할 수밖에 없었다.

유저들의 방문이 뜸하다는 건 그들의 영향력이 작다는 것이고, 그렇다는 건 곧 아직까지 여긴 NPC들이 큰 힘을 발휘하고 있는 곳이라는 뜻이었다.

그렇기 때문에 당연히 이런 자치 경비대의 NPC들은 낯선 이방인에 대해 경계할 수밖에 없었다.

하지만 걱정할 건 하나도 없었다.

이럴 땐 그저 가장 좋은 인사법이 하나 있었다.

“안녕하십니까? 전 불멸의 인(印)을 지닌 채 이오스 대륙을 떠도는 여행자입니다. 은혜로운 주신 가이아의 부름으로 이곳까지 온 저에게 마을로 들어갈 기회를 주시겠습니까?”

아주 정중하게 말했다.

말 한마디로 천 냥 빚을 갚는다는 오래된 속담이 하나 있다.

그리고 'ONE'에서는 진짜 그 속담처럼 말만 잘해도 큰 이득을 볼 수 있었다.

상대가 NPC라고 함부로 말하는 작자들?

그들은 멍청하고 한심한 사람들일 뿐이었다.

"흐음, 요즘 자네 같은 여행자들이 종종 찾아오더군. 하지만 자네처럼 정중한 사람은 처음 보네. 자네야말로 우리 마을 같은 품위있는 곳에 딱 어울리는 여행자일세."

단 한마디의 말이었지만 그걸로 난 경비대원들과의 친밀도를 상당히 높였다.

이게 바로 말의 힘이었다.

실제로 이 말 하나로 이름을 날렸던 유저들도 다수 존재했었다.

비록 내가 그들처럼 전문적으로 말을 잘하기 위해 노력하는 건 아니었지만 적어도 그들의 흉내는 낼 수 있었다.

그리고 그 흉내는 종종 이런 결과를 만들어낼 것이다.

"감사합니다. 두 분 같은 훌륭한 기사 분이 마을을 지켜준다는 사실 하나만으로도 전 이 마을에서 마음 놓고 푹 쉴 수 있을 것 같습니다.”

자치 경비대원들한테 기사라는 호칭을 붙인 건 분명 과한 찬사였지만 뭐 어떤가?

말 한번 해주는데 돈이 들어가는 건 아니었다.

몇 마디의 말로 경비대원들의 큰 환심을 산 난 물어보지도 않았는데 알아서 몇 가지 소소한 정보를 말해준 경비대원들을 뒤로하고 마을로 들어왔다.

그들은 어떤 술집 술이 맛있고, 어떤 여관을 숙소로 정하는 게 좋으며, 마을의 특산품이 뭔지 주절주절 얘기해 주었다.

말 그대로 소소한 정보들.

하지만 이런 소소한 정보들을 무시할 수는 없었다. 가끔은 이런 정보들 속에 아주 대단한 정보가 숨어 있는 경우도 있기 때문에 난 끝까지 그 정보들을 다 머릿속에 넣은 후 마을 안으로 들어왔다.

마을 안에서 영혼석의 위치를 찾는 건 어렵지 않았다.

영혼석은 거의 대부분 마을 중앙에 위치하고 있었기 때문에 중앙을 향해 가면 끝이었다.

그렇게 손쉽게 영혼석을 찾은 난 무려 50골드라는 거액을 주고 영혼을 등록시켰다.

그나마 내가 레벨이 1이니까 50골드밖에 안 들어간 것이지, 레벨이 조금이라도 높았으면 그 액수가 천문학적으로 들어갔을지 모른다.

원래 영혼석에 영혼을 등록시키는 건 내가 그전에 등록했던 영혼석과 지금 등록하려는 영혼석의 거리에 따라 그 액수가 달라졌는데 동대륙과 서대륙의 영혼석 거리 차이는 어마어마했다.

비록 50골드라는 거금을 썼지만 난 만족스러웠다.

드디어!

서대륙에 완벽하게 정착했다.

이제 남은 건 직업을 얻는 것뿐이었다.

물론 직업을 얻기 위해 해야 할 일은 많이 남아 있었다.

지금까지 난 대략 게임 시간으로 14개월이 조금 넘는 시간을 사용했다.

현실 시간으로는 5개월이 좀 안 되는 상황.

만약 죽자고 레벨을 올렸으면 거의 100을 넘어 120 정도까지는 갔을 만한 시간이었다.

하지만 진짜 시작은 지금부터다.

내가 알고 있는 최상위 랭커들이 제대로 달리기 시작한 게 이쯤부터였다.

여기까지는 거의 어중이떠중이가 설치는 단계였다면 지금부터는 게임에 대해 어느 정도 파악이 끝난 골수 게임 폐인들이 본격적으로 달리는 단계였다.

나도 달릴 생각이었다.

물론 레벨로 달릴 생각은 아니었다.

그렇다면 무엇으로 달릴 생각인가?

그것의 대답은 지금 내가 하고 있는 행동을 보면 알 수 있었다.

난 지금 동대륙에서 가져온 넉넉한 여유 자금으로 경매장을 털고 있었다.

내가 사들이는 것들은 바로 스킬북.

동대륙에서 그랬듯이 난 서대륙에 존재하는 온갖 종류의 스킬북을 다 사들이고 있었다.

무슨 목적인가?

왜 난 레벨 1에 서대륙과 동대륙에 존재하는 거의 모든 스킬을 배우려고 하는 건가?

이것은 내 직업과 관련된 일이었다.

레벨로 달리지는 않는다

하지만 난 분명 달린다.

무엇으로?

바로 스킬 숙련도로 달린다.

내가 하려는 짓은 일명 '숙련도 작업' 이라 불리는 것이었다.

물론 이 짓을 레벨 1에 하는 사람은 거의 없었다.

하더라도 몇 개의 스킬만 가지고 할 뿐이었다.

앞서도 얘기했지만 스킬 숙련도라는 건 상성을 가지고 있었다.

그렇기 때문에 무작정 아무 스킬들이나 다 같이 수련한다고 되는 건 절대 아니었다.

당연히 그런 사실은 나도 잘 알고 있었다.

그렇다면 그렇게 잘 아는 내가 왜 엄청난 종류의 스킬들을 모두 배운 것일까?

설마 이것들을 전부 올리려고 하는 건가?

맞다.

난 이것들을 다 올릴 것이다.

물론 중간 중간 계속 수정을 해서 최종적으로는 딱 20가지 정도를 고를 생각이다.

그것도 그 분류가 전혀 다른 20가지로.

미친 짓일지 몰랐다.

하지만 난 그렇게 해야 했다.

그리고 할 수 있었다.

나에겐 사기 타이틀이라 불리는 '더 로드'가 있었다. 그리고 난 그 누구보다 스킬 숙련도 시스템을 잘 이해하고 있었다.

그렇기 때문에 미친 짓으로만 보이는 이 작업에 가능성이란 게 생겼다.

내가 원하는 직업.

그것을 얻기 위해서는 이 작업이 분명 필요했다.

사실 난 그 직업의 이름도 모른다.

하지만 분명 그 직업이 존재할 것이라고 믿는다.

내 기억 속 한구석에 남아 있던 한 가지 정보, 그 정보는 분명 그 직업의 존재에 확신을 심어주었다.

CHAPTER 11
전직을 위한 수련

The 더 로드
LORD

한 사람이 있었다.

그는 현실에서도 정말 다재다능한 사람이었다.

그래서일까?

게임을 시작한 그는 단 한 가지의 분야에만 집중할 수 없었다.

이것도 하고 저것도 하고.

한 가지에 집중하지 못했던 그는 비록 큰 능력을 얻지는 못했지만 그래도 그 누구보다 다재다능한 캐릭터를 육성시켜 갔다.

그러던 와중에 그는 정말 재미있는 직업을 얻었다.

다양한 분야에 관심을 가졌던 그에게 찾아온 기연 같은 것이었다.

보통 사람이라면 이 정도에서 만족했을 것이다.

하지만 다양함에 대한 그의 집념은 생각보다 대단했다.

그는 만족하지 않았다.

계속해서 자신의 영역을 넓혀갔다.

이것도 배우고 저것도 배우고.

그 와중에 스킬 숙련도 관리는 정말 엉망이 되었지만 그는 비록 한 가지 스킬 숙련도를 높게 올리지는 못해도 여러 가지 스킬 숙련도를 적당한 수준까지는 계속 유지시켰다.

그에게 필요한 건 오로지 다양함이었기에 숙련도가 떨어지는 것에 대한 미련 같은 건 없었다.

그는 그렇게 꽤 오랜 세월 동안 계속해서 꾸준히 자신의 영역을 넓혔다.

그리고 그 과정에서 그는 계속 뭔가를 얻었다.

최종적으로 그가 스스로 밝힌 그의 직업은 전능자(全能者)였다.

그의 이름은 프로이드(Freud).

천무칠성의 일인이자, 가장 유명한 레이드 팀 중 하나였던 '헬(Hell)'의 팀장이었던 그는 유명 게임 방송과의 인터뷰에서 오랫동안 비밀로 간직되었던 자신의 직업에 대한 비밀을 밝혔다.

그는 그 인터뷰에서 진지하게 얘기했다.

내가 얻은 전능자는 분명 이 길의 끝이 아니다.

난 결국 미완성으로 끝을 냈다.

하지만 만약 나와 같은 길을 걷으려는 이가 있다면 부디 그 끝을 볼 수 있기를 기원한다.

비록 세월이 많이 흘러 의미가 많이 없어졌겠지만 그래도 아주 큰 비밀이라고 할 수 있는 전능자 직업을 얻는 방법을 나 스스로 밝힌 이유는 누군가 나의 뒤를 이어 언젠간 이 길의 끝을 밝혀줄 수 있으리라고 믿고 있기 때문이다.

늦었다고 생각하지 마라!

이 게임은 그리 쉽게 엔딩을 볼 수 있는 게임이 아니지 않은가? 도전할 수 있으면 도전하라!

물론 이미 그때는 게임이 서비스되고 8년 가까이 흐른 뒤였기에 그의 그런 발언은 그저 팬서비스 같은 것일 뿐이라고 혹평하는 이들이 많았다.

하지만 어쨌든 그의 발언으로 인해 많은 사람들이 그와 같은 길을 가려고 새로 캐릭터를 만들기도 했으니 그가 완전히 팬서비스 차원에서만 그런 말을 한 건 아니라고 할 수 있었다.

프로이드가 얻은 전능자라는 직업만 해도 상당히 독특한

직업이었다. 그는 그 직업을 얻어 전능자라는 이름처럼 정말 모든 능력에 만능인 존재가 된 것은 아니었다.

단지 무척 독특한 능력 몇 가지를 얻었을 뿐이다. 그리고 얻는 게 있으면 잃는 것도 있는 법. 그는 독특한 능력을 얻은 대가로 그에 상응하는 무엇인가를 포기했을 것이다.

이게 기본적인 원칙이었다.

사실 'ONE'에서 직업이란 것은 그 사람이 나아갈 방향을 알려주는 존재일 뿐이었다.

직업의 종류는 셀 수 없을 만큼 많았다.

물론 때론 같은 직업을 가지게 되는 경우도 있었지만 대부분의 경우 자신만의 직업을 갖는 경우가 많았다.

예를 들어 검사(劍士) 계열의 직업을 얻기 위해 두 사람이 똑같이 수련을 했어도 그 둘이 가지고 있는 미묘한 차이 때문에 직업이 조금씩 다르게 결정되곤 했다.

그리고 결정적으로 직업에 관련해서 가장 중요한 것은 그 직업을 어떻게 활용하는가였다.

아무리 흔해 보이는 직업이라도 그 사람이 잘 활용만 하면 그 직업은 더없이 강해질 수 있었다.

그 단적인 예가 내가 살았던 전생에서 최상위 랭커 100명 중 80명 정도가 그다지 큰 특징이 없는 무척 평범한 직업을 가지고 있었다.

물론 특이한 직업들, 사람들이 흔히 스페셜 클래스, 또는 히든 클래스라 불리는 직업들이 기본적으로 일반 클래스들보다 좀 더 좋은 능력들을 가진 건 사실이었다.

하지만 아무리 좋은 능력이라고 해도 제대로 활용하지 못하면 말짱 헛것이었다.

어떻게 보면 직업에 대한 이해도가 좀 떨어질 경우 일반 직업들보다 더 안 좋아질 수 있는 것들이 바로 스페셜 클래스였다.

실제로 우연히 스페셜 클래스를 얻은 수많은 사람들 중 대부분이 그 직업의 특징을 제대로 살리지 못해 진정한 스페셜 클래스의 힘을 얻지 못했다.

그래서 결국 스페셜 클래스를 포기하고 오히려 이해도가 낮아도 쉽게 힘을 얻을 수 있는 일반 클래스로 전직하는 경우가 대부분이었다.

어쩌면 이런 이유 때문에 'ONE'에는 수많은 스페셜 클래스가 존재하는 건지 몰랐다.

그건 마치 성난 황소를 다루는 로데오와 비슷했다.

게임 속에 성난 황소는 얼마든지 준비되어 있었다.

단지 그 황소를 다룰 수 있는 사람이 극소수일 뿐이었다.

프로이드는 그 황소 중 한 마리를 멋지게 조련했다.

그래서 나도 황소를 얻을 것이다, 프로이드의 황소보다 더 크고 사나운 놈으로. 그런 뒤 그 황소를 확실히 조련할 생각이었다.

내 황소의 이름이 무엇일까?

벌써부터 그게 궁금해진다.

하지만 아직 그것을 알기 위해서는 시간이 필요했다.

피나는 수련의 시간이!

*   *   *

내가 무작위로 익힌 스킬의 종류는 무려 2,144가지였다.

사실 'ONE'에 존재하는 스킬의 종류는 이것보다 훨씬 많았지만 각각 몇 가지씩 거의 다른 종류의 스킬들로만 구하다 보니 구할 수 있는 한계가 이 정도였다.

이것도 경매장을 탈탈 털어서 구한 거였다.

더 구하려면 직접 사냥을 하거나 던전 같은 곳을 탐험해야 했는데 지금은 그럴 시간이 없었다.

현재로써는 스킬 수련만으로도 시간이 턱없이 부족했다.

일단 난 2,144가지의 스킬을 비슷한 종류별로 구분해 보았다.

검법 계열.

무투 계열.

마법 계열.

주술 계열.

소환 계열.

내공(마나 연공) 계열.

원거리 공격 계열.

보조 스킬 계열.

증폭 계열.

보법 계열.

신성 계열.

봉인 계열.

조련 계열.

정령 계열.

특수 계열.

기타 계열.

일단 크게 열여섯 가지 계열로 나누었다.

세부적으로는 여기서 또 각 계열마다 여러 가지 종류로 나누었지만 어쨌든 크게는 열여섯 가지였다.

먼저 시작할 것은 이 열여섯 가지 계열의 모든 스킬을 조금씩 익히며 선별해야 했다.

아무리 나라고 해도 2,144가지의 모든 스킬을 다 올릴 수는 없었다.

버릴 건 버려야 했다.

1차 선별에서 반 정도는 버릴 생각이었다.

그 상성이 너무 지독해 숙련도가 심하게 떨어지거나 내가 생각했던 조합에 어울리지 않는 스킬들을 과감히 버려야 했다.

그렇게 1차 선별을 끝내고 난 후에도 선별이 끝난 건 아니었다.

2차 선별은 스킬을 버리기 위한 것이라기보단 우선적으로 올릴 것들을 고르는 선별이었다.

2차 선별을 통해 열여섯 가지의 계열 중 각각 두 개씩 그 계열을 대표하는 스킬들을 고른다.

총 32개.

난 그 32개를 집중적으로 수련하면서 나머지 버리지 않은 스킬들을 천천히 끌어올릴 생각이었다.

아마도 전부를 가져갈 수는 없을 것이다.

하지만 그중 반만 가지고 갈 수 있어도 큰 성공이었다.

어쨌든 지금의 내 계획은 이랬다.

하지만 늘 변수는 존재하는 법.

이 계획이 어떻게 바뀔지는 나도 몰랐다.

모든 준비는 끝났다.

마침 용들의 호수 근처에는 혼자만 집중해서 스킬 수련을 할 만한 장소가 몇 군데 있었다. 그렇기 때문에 난 그곳에 자리를 잡고 오로지 스킬 수련에만 집중할 생각이었다.

그렇게 많은 스킬북들을 사들이고도 돈이 남았기에 난 미

리 그 돈으로 용들의 호수에 존재하는 저택 몇 개를 사버렸
다.

　알짜배기 저택들이라 아마 시간이 조금만 더 흐르고 유저
들이 대거 용들의 호수로 유입되면 엄청난 가격에 되팔 수 있
을 것이다.

　이렇게 돈을 불리는 것쯤은 일도 아니었다.

　다른 것들은 모두 준비되었다.

　이제 남은 건 두 가지.

　바로 시간과 집중이었다.

　초반은 순조로웠다.

　타이틀 효과와 내가 기본적으로 알고 있는 스킬 수련법이
어울리며 빠른 속도로 스킬들이 상승하기 시작했다.

　특히 검술, 무투, 보법, 증폭, 내공 계열은 내가 전생에서도
비슷한 스킬들을 올려봤기 때문인지 더 잘 올랐다.

　하지만 시간이 흐르자 문제가 발생하기 시작했다.

　문제는 엉뚱하게도 다른 스킬들보다 쉽게 올릴 수 있었던
몇 가지 계열에서 발생했다.

　판단 착오였다.

　오히려 쉽게 올릴 수 있어 편하다고 생각했던 부분에서 균
형이 깨져 버린 것이다.

　한 번 균형이 깨지자 그것을 바로잡기가 무척이나 힘들

었다.

올라간 숙련도보다 떨어진 숙련도가 더 높으면 그건 실패였다.

그런데 균형이 깨지자 자꾸 실패가 많이 발생했다.

간단한 파이어 애로우(Fire Arrow) 한 방에 기껏 열심히 올렸던 검술과 무투, 보법, 내공 스킬이 동시에 떨어지거나 검술을 조금 올렸더니 마법, 주술, 소환, 신성 계열이 동시에 떨어지는 경우가 비일비재했다.

이대로는 안 된다.

뭔가 특단의 조치가 필요했다.

생각하고 또 생각했다.

좋은 방법이 없을까? 속성이 다른 스킬들을 어떻게 조화시킬 수 없을까? 조화가 불가능하다면 서로에게 영향을 미치지 않게 하는 방법은 없을까?

계속되는 고민.

그러던 중 내 눈에 들어온 무공이 두 개 있었다.

분심공과 지존신공.

현재 지존신공의 숙련도는 30이었다.

그리고 분심공은 아직 손도 대지 못한 상태였다.

숙련도가 30이 된 지존신공에 몇 줄의 무공 능력이 나타나 있었다.

지존신공을 바탕으로 스킬(무공)을 펼칠 수 있습니다. 펼칠 수 있는 종류의 한계는 없습니다. 지존신공은 자신보다 낮은 등급의 모든 스킬(무공)을 지배합니다.

지존신공을 바탕으로 다른 스킬을 펼치면 어떤 효과가 나오는지는 아직 설명이 되어 있지 않았다.

아무래도 좀 더 숙련도를 올려야 나타날 것 같았다.

효과도 나와 있지 않았지만 난 자꾸 지존신공 쪽으로 눈이 갔다. 그리고 그와 함께 분심공까지…….

왠지 이 두 가지 무공이라면 내 답답한 속을 뻥 뚫어줄 것 같은 예감이 들었다.

어차피 답을 찾을 수가 없었다.

지금은 비록 그것이 무모한 도전이라 할지라도 해봐야 했다.

난 그때부터 분심공과 지존신공을 집중적으로 연구하기 시작했다.

사실 내가 분심공을 동대륙에서 얻어야 할 네 가지 중 하나로 선택했던 이유는 스킬 수련을 위해서가 아닌, 나중에 스킬 수련이 끝나고 스킬을 조합해서 사용하는 실전 단계에서 아주 유용하게 써먹기 위해서였다.

그런데 그랬던 분심공을 스킬 수련에서까지 사용하게 될 줄은 나도 예상하지 못한 부분이었다.

어쨌든 난 지존신공을 계속 운용하면서 그 힘을 바탕으로 분심공을 사용하기 시작했다.

분심공은 마음을 나누어 동시에 몇 가지의 일을 할 수 있게 하는 무공.

난 나누어진 마음으로 일단 몇 가지 기본적인 스킬 수련을 시작했다.

오른손으로 마법의 기초라 할 수 있는 1써클의 라이트(Light)의 수인(手印)을 맺으며 왼손으로는 일반 검술 스킬 중 하나인 올려 베기를 시전했다.

그뿐인가? 양발은 일기보(一氣步)를 걷고 있었고, 입으로는 초급 주술 중 하나인 화염(火焰)의 술(術)을 완성시키고 있었다.

번쩍! 휘익!

파팟! 화륵!

꽝!

동시에 네 가지 스킬이 활성화되어 버렸다.

> 띠링, 기본 마법 숙련도가 0.003 상승했습니다.

> 띠링, 일반 검술 숙련도가 0.003 상승했습니다.

> 띠링, 일반 보법 일기보 숙련도가 0.003 상승했습니다.

띠링, 화염 주술 숙련도가 0.003 상승했습니다.

띠링, 완벽하게 마음을 나누었습니다. 분심공 숙련도가 0.006 상승했습니다.

띠링, 지존신공이 모든 무공을 지배했습니다. 지존신공 숙련도가 0.006 상승했습니다.

띠링, 물의 정령들이 주술의 힘으로 만들어진 화염을 무서워합니다. 정령 마법[水]의 숙련도가 0.001 하락합니다.

털썩.

갑작스럽게 네 가지 스킬을 동시에 활성화시킨 난 약간 황당한 표정으로 자리에 주저앉았다.

"되, 되네?"

정말 됐다.

동시에 몇 가지의 스킬을 활성화시키는 게 가능했다.

그뿐인가? 그렇게 각기 다른 스킬을 활성화시키자 다른 숙련도가 하락할 확률도 엄청 줄어든 것 같았다.

"이거야!"

드디어 답을 찾았다.

난 주먹을 불끈 쥐며 막혀 있던 가슴이 뻥 뚫리는 기분을
만끽했다.

한동안 정체되었던 수련의 앞길에 탄탄대로가 놓였다.

이건 차 한 대 없는 고속도로나 마찬가지였다.

이제부터 내가 할 일은?

힘껏 가속 페달을 밟으며 수련 속도를 한계 속도까지 끌어
올려야 했다.

쾌속 전진!

이제부턴 진짜 미친 듯이 달리는 것밖에 남지 않았다.

*　　　*　　　*

띠링, 당신의 욕망은 어디까지인가? 당신은 설마 모든 것을
자신의 의지대로 지휘하고 싶은 것인가? 어쩌면… 어쩌면 당신
은 가능할지 모른다. 자! 지금부터 당신의 지휘를 펼쳐라! 그것
이 당신의 운명이다.

띠링, 특수한 조건들을 모두 만족시키셨습니다. 당신이 원하
는 길, 그 길을 걸으시겠습니까?

띠링, 스페셜 마에스트로(Special Maestro)를 직업으로 선택
하실 수 있습니다. 선택하시겠습니까? (Y/N)

“쳇!”

난 주먹으로 힘껏 ‘N’을 올려쳤다.

당연히 취소였다.

스페셜 마에스트로는 나도 알고 있는 직업이었다. 이것은 프로이드가 얻은 전능자보다 한 끗발 떨어지는 직업이었다. 물론 각각의 특징이 다르기 때문에 무조건 나쁘다고 단정 짓기는 힘들었지만 어쨌든 내가 알고 있는 스페셜 마에스트로는 내가 원하던 그런 종류의 직업이 아니었다.

벌써 세 번째였다.

세 번이나 전직할 기회를 얻었다.

혹시 프로이드도 이 과정을 거쳤던 것일까? 난 이제야 프로이드가 왜 자신이 미완성이라고 말했는지 완벽하게 이해가 되기 시작했다.

그는 타협한 것이었다.

지금 내가 느끼는 이 감정.

너무나도 힘들고 지루한 이 감정에 타협하고 멈춰 섰던 것이다.

하루에도 몇 번씩 내 귓속에 포기하라는 말이 환청처럼 들린다.

정말 쉽지 않은 길이었다.

하물며 타이틀의 힘과 지존신공을 바탕으로 펼치는 분심공의 힘을 빌린 나도 이 정도인데 이런 요령도 없었던 프로이드는 얼마나 지쳤을까?

그나마 나는 각종 편법을 이용해 초고속 속성 수련을 하는 중이라 어렵지 않게 견디는 중이었다.

내가 알기로 프로이드는 이 지겨운 짓을 현실 시간으로 1년 가까이 했다고 했다.

게임 시간으로 3년.

나도 근성 하나는 누구에게 지지 않는다고 생각했지만 프로이드에게만큼은 질 것 같은 생각이 들었다.

난 지금 게임 시간으로 약 석 달 동안 스킬 수련만 계속하고 있었다.

극도로 집중해 석 달이나 고생했지만 아직 난 만족할 만한 결과를 얻지 못하고 있었다.

각종 스킬이 다 익스퍼트 경지에 가까워졌지만 아직까지도 부족하기만 했다.

"프로이드가 3년(게임 시간)을 버텼는데 내가 여기서 포기한다면 자존심이 좀 상하지."

포기할 수 없다.

아직 전능자라는 직업도 구경 못했는데 포기라니 그건 있을 수 없었다.

난 다시 한 번 힘차게 가속 페달을 밟으며 수련에 박차를 가했다.

시간이 흘렀다.

스킬 수련을 시작한 지 벌써 여섯 달째다.

일주일 전에 드디어 프로이드가 얻었다는 스페셜 클래스 '전능자'로 전직할 수 있는 기회를 얻었다.

'하늘은 당신에게 수많은 재능을 내렸습니다'로 시작해 어쩌고저쩌고 하면서 전능자를 직업으로 선택할 것인지를 물었다.

물론 당연히 난 이번에도 역시 'N'자를 후려쳐 버렸다.

내가 얻으려 하는 건 전능자 따위가 아니었다.

그런 건 프로이드나 가지면 되었다.

내가 가질 직업은 전능자보다 더 난해하고 복잡한 그런 직업이 될 것이다.

아마 나도 그 직업을 다루려면 무척 고생할 것이다. 하지만 상관없었다.

원래 모름지기 큰 힘을 얻으려면 그만큼의 노력과 대가를 치러야 하는 법.

그렇기 때문에 난 미련없이 전능자를 포기하고 앞으로 나아갔다.

그 앞에 무엇이 존재할지는 나도 몰랐다.

하지만 적어도 평범하지는 않을 것이다.

기대가 된다.

무엇이 나를 기다리는지…….

시간이 좀 더 흘렀다.

게임 시간으로 무려 9개월.

현실 시간으로 3개월이 흘렀다.

전능자 이후로는 아무런 전직 메시지가 뜨지 않았다. 조금씩 불안해졌다.

너무 만용을 부린 것일까?

사실 전능자가 끝이 아닐까?

여러 가지 좋지 않은 생각이 들었다.

하지만 난 포기하지 않았다. 불안한 마음은 사람이라면 누구나 가질 수 있는 어쩔 수 없는 심마(心魔)였기에 애써 부정할 생각은 없었다.

난 점점 커지는 심마를 묵묵히 짊어지고 계속해서 앞으로 나아갔다.

내가 고른 스킬들, 이제 스킬들은 무척 체계적으로 정립되어 있었다.

2,144개의 스킬이 9개월 동안의 수련을 거치며 단 77개의 스킬로 줄어 있었다.

77개.

이것은 내가 그동안 선별하고, 또 선별한 나만의 스킬들이었다.

그 종류는 15가지. 난 이 77개의 스킬을 대부분 마스터 경지에 가깝게 올려놓은 상태였다.

마스터의 경지에 오른 스킬이 정확히 27개였고, 나머지는 아직 마스터의 경지에 오르지 못했었다.

이 정도만 해도 대단한 것이었다.

누가 감히 27개의 스킬을 동시에 마스터의 경지까지 올려놓는단 말인가?

내가 아니라면 불가능한 일이었다.

"휴우~ 이놈의 신성 계열하고 봉인 계열이 문제군."

워낙 여러 종류의 스킬을 올리다 보니 이제 요령이 많이 생겨서 어지간한 스킬은 대부분 능숙하게 사용할 수 있었다.

하지만 유독 신성 세열과 봉인 계열의 기술은 나와 잘 맞지 않았다.

결국 그래서 두 계열의 스킬은 최소화시켰지만 그래도 신성 계열에서 네 가지, 봉인 계열에서 한 가지 스킬은 도저히 버릴 수가 없었다.

그 효과가 워낙 뛰어났기에 약간 무리가 있더라도 계속 가지고 가야 했다.

"오늘은 기필코 이 두 가지 계열의 스킬들을 익스퍼트 이상 만든다!"

계속해서 말하는 거지만 균형이 중요했다.

더 이상 이 두 가지 계열의 스킬들이 뒤처지면 그땐 전체적인 균형이 무너질 수가 있었다.

그렇기 때문에 다소 무리를 해서라도 이 스킬들의 숙련도를 집중적으로 올릴 필요가 있었다.

난 지존신공과 분심공을 동시에 활성화시켰다.

두 무공 모두 이제 숙련도가 100을 넘어 마스터의 경지에 올랐기 때문에 무공의 사용이 매우 능숙해졌다.

사실 이제는 내 스킬 사용의 기본이 되어버린 지존신공과 분심공.

이 두 가지 무공은 사용하면 사용할수록 정말 사기적인 무공이라는 생각이 들었다.

특히 지존신공은 그 효과 자체가 사기적이었다.

[지존신공(至尊神功)].

당신은 천룡의 시험을 통과한 후 당신 스스로 절대무공 하나를 만들었다. 그것의 이름은 지존신공. 이것의 힘은 오직 당신만이 이끌어낼 수 있다. 어디론가 전해질 지존의 전설은 아마 이 무공으로부터 시작될지도 모른다.

숙련도:110,454
효과:지존신공을 바탕으로 스킬(무공)을 펼칠 수 있습니다. 펼칠 수 있는 종류의 한계는 없습니다. 지존신공을 바탕으로 스킬을 펼칠 경우 그

정확히 수치가 등장한 건 익스퍼트부터였지만 내 생각에 익스퍼트 전에는 10%였을 것 같다. 그리고 익스퍼트의 경지에서 20%, 마스터의 경지에서 30%…….

30% 위력 증가.

이게 의미하는 건 정말 엄청났다.

내가 알고 있는 어떤 기술도 이런 옵션을 가진 것은 없었다.

심지어 아이템에도 없었다.

아, 비슷한 게 하나 있긴 했다. 대략 게임이 시작되고 현실 시간으로 5년 정도가 지났을 때 처음으로 잡힌 드래곤 엘카이드.

그 웜(Wyrm)급 그린 드래곤 엘카이드를 잡고 얻은 전설[Legend]급 아이템 하나가 모든 마법 계열 스킬 효과 50% 증가 옵션을 가지고 있어서 당시에 엄청나다는 평가를 들은 적이 있었다.

그건 50%였지만 마법이라는 분야에 한정되어 있는 아이템 이었다.

그런데 지존신공에는 한계가 없었다.

등급만 낮다면 모든 스킬(무공)을 지존신공을 이용해 운용할 수 있었다.

그때서야 난 왜 초월급(SS급) 스킬들을 소유한 일곱 명의 유저가 천무칠성, 또는 세븐 스타라는 특별한 호칭을 부여받았는지 확실히 이해했다.

초월급은 말 그대로 진짜 다른 것들을 모두 초월하는 존재였다.

어쨌든 그런 대단한 지존신공 덕분에 가뜩이나 뛰어난 능력을 지닌 분심공이 훨씬 더 뛰어난 능력을 발휘하고 있었다.

그렇게 분심공의 효과가 크게 증가했기에 내 스킬 수련의 속도가 그냥 속성을 넘어선 초특급 속성이 될 수 있었다.

지존신공의 힘이 내 몸을 힘차게 누비며 분심공을 발동시킨다.

그리고 그 분심공으로 나뉜 내 마음은 또다시 몇 가지 스킬을 활성화시키기 시작했다.

신성 계열 스킬 중 하나인 디바인 포스(Divine Force)는 일종의 신성 계열 중에서도 축복 계열에 속하는 스킬이었다.

그것은 신의 축복으로 모든 능력치를 상승시켜 주는 아주 좋은 축복 스킬이었기에 반드시 익힐 필요가 있었다.

그뿐인가? 그것과 함께 활성화시키고 있는 두 가지 스킬 중 그레이트 힐링(Great Healing)은 가장 기본적이면서 가장 많이 사용되는 회복 계열 스킬이었고, 큐어 포이즌(Cure Poison) 역시 그레이트 힐링과 더불어 가장 많이 사용되는 치료 계열 스킬이었다.

동시에 세 가지 신성 계열 마법이 활성화되었다.

하지만 거기서 끝이 아니었다.

난 거기에 두 가지 스킬을 더 활성화시켰다.

신성 계열 스킬 중 가장 다양한 용도로 사용되는 디바인 소드(Divine Sword)와 봉인 계열 스킬 중 하나인 마력봉인(魔力封印)이었다.

총 다섯 개의 스킬이 동시에 활성화되었다.

분심공과 지존신공까지 따지면 무려 일곱 가지의 스킬이 동시에 활성화되는 것이었다.

그럼에도 난 크게 힘들어하지 않았다.

사실 마음만 먹으면 더 많은 수의 스킬을 중복 활성화시킬 수 있었다.

하지만 굳이 수련을 하며 무리를 할 필요는 없었다.

딱 이 정도가 좋았다.

> 띠링, 디바인 포스 숙련도가 0.003 상승했습니다.

> 띠링, 마력봉인 숙련도가 0.003 상승했습니다.

시스템 메시지가 계속해서 울려 퍼졌다.

난 그런 메시지들을 일일이 전부 확인하지 않았다. 뭐가 오르고 뭐가 떨어졌는지에 따라 일희일비할 필요는 없었다.

지금은 그저 수련에 집중하고 집중하면 끝이었다.

끊임없는 수련.

그것만이 있을 뿐이었다.

CHAPTER 12
전직완료

또다시 시간이 흘러 이곳에서 혼자만의 수련을 시작한 지 10개월이 흘렀다.

현실 시간으로 따져도 3개월이 넘는 긴 시간. 앞서 동대륙에서 했던 준비와 서대륙으로 넘어오는 과정까지 모두 합치면 게임 시간으로 24개월이 흘렀다.

현실 시간으로 따지면 정확히 8개월이 흐른 상태.

이제는 진짜 상위 랭커들이 앞으로 치고 나가며 수많은 것들을 차지할 수 있는 시간이 가까워졌다.

여유는 거의 사라졌다.

이제 나도 슬슬 레벨을 올려야 했다. 하지만 아직 난 직업이 없었다.

직업이 없는 상태에서 레벨을 올리는 건 무의미했다.

직업을 얻어야 했다.

그동안 스킬 수련을 하며 간간이 이런저런 경험치를 얻어 현재 레벨은 20이었다.

턱없이 낮은 레벨.

어차피 1차 전직은 레벨 15~50 사이에 아무 때나 하면 되는 것이니까 전직하는 데에는 문제가 없었다.

물론 레벨을 더 올리면 좋겠지만 지금은 어쩔 수가 없었다.

지금 어설프게 레벨을 올리기 위해 움직인다면 자칫 그동안 치밀하게 계획하여 균형을 유지해 오던 스킬들 간의 밸런스가 깨어질 수 있었다.

결국 방법은 한시라도 빨리 직업을 얻는 수밖에 없었다.

현재 내가 마스터의 경지까지 올린 스킬은 총 29개.

그리고 나머지 45개는 모두 익스퍼트의 경지를 넘겨놓았다.

난 왠지 모르게 30개의 스킬을 마스터의 경지까지 올리면 뭔가 일이 생길 것 같은 예감을 받았다.

이건 진짜 그냥 예감일 뿐이었다.

내가 알기로 보통 사람들은 대부분 열 개 정도의 스킬을 집중적으로 수련한다.

최상위 랭커 중 전능자 프로이드를 제외한 거의 모든 랭커들이 10~15개의 스킬만 죽어라 갈고닦는다는 사실은 알 만한 사람은 다 아는 것이었다.

사실 숙련도를 올리는 스킬이 20개를 넘어가면 그때부터는 정말 난감할 정도로 어려운 난이도를 자랑하게 된다.

물론 많은 사람들이 집중적으로 키우지는 않지만 가끔 사용하면서 유지시키는 보조 스킬 같은 것들까지 합치면 가지고 있는 스킬의 숫자가 약 30개까지 늘어나지만 보조 스킬은 말 그대로 보조 스킬일 뿐이었다.

보조 스킬까지 마스터의 경지까지 올린 사람은 아무도 없었다.

그런 건 익스퍼트까지만 올려도 대단하다고 인정받았다.

그만큼 스킬 숙련도라는 건 쉽게 올릴 수 없는 것이었다.

난 현재 29개의 스킬을 마스터의 경지에 올려놓았다. 그리고 나머지 45개도 익스퍼트의 경지다. 만약 이걸 누군가 알게 된다면 아마 입을 다물지 못하리라.

물론 각종 편법으로 만들어낸 불안정한 결과였다.

사실 여기서 조금만 삐끗해도 그동안 올렸던 숙련도가 와르르 무너져 내릴 수도 있었다.

조심, 또 조심해야 했다.

난 그렇게 조심에 조심을 거듭하며 현재 99.998에 머물고 있는 스킬 하나를 어떻게 해서라도 마스터의 경지에 올려놓기 위해 힘쓰고 있었다.

조심해야 할 건 이게 마스터의 경지에 오르면서 다른 마스터 경지에 간신히 올라 있는 스킬을 다시 아래로 끄집어 내리는 것이었다.

실제로 앞서 몇 번 그런 적이 있었다.

이상하게 한 스킬이 한 경지에서 한 경지로 넘어가는 단계에서는 다른 스킬들이 큰 폭으로 하락하는 경우가 많았다.

아마도 이것도 상성 시스템의 하나인 것 같았다.

아주 조심스럽게 난 오른손에 아이스 스피어(Ice Spear)를 생성시켰다.

치이익!

오른손 주변의 온도가 급격히 떨어지며 공기 중에 있는 수증기가 얼어붙기 시작했다.

이제 이 수증기를 길고 뾰족한 창 모양으로만 만들면 아이스 스피어가 완성되는 것이었다.

레벨이 낮아 숙련도가 높아도 기껏해야 3써클 마법까지밖에 사용할 수 없었지만 그래도 마스터 경지의 숙련도까지 올리는 건 큰 무리가 없었다.

어차피 지금 나에게 중요한 건 스킬의 난이도가 아니었다.

비록 난이도가 낮은 스킬일지라도 얼마나 집중해서 완벽하게 스킬을 완성시키는지가 중요했다. 그렇기 때문에 난 최대한 완벽한 아이스 스피어를 만들기 위해 노력했다.

쩌저적!

길고 날카로운.

보통의 것보다 더 크고 단단해 보이는 아이스 스피어가 내 손에서 만들어졌다.

올랐다.

드디어 빙계 마법 숙련도도 마스터했다.

이제 마스터의 경지에 오른 스킬 숫자는 30개.

그런데 아무런 변화도 없…….

[끝없는 탐구, 끝없는 도전. 너는 무엇을 알고 싶은 건가?]

변화가 있었다. 뭔가 지금까지와는 좀 많이 다른 이상한 메시지가 내 눈앞에 떠올랐다.

[네가 가고자 하는 길은 불가해(不可解)의 길. 너는 선구자(先
驅者)가 되어 그 길을 가려는 건가? 하지만 그 길은 네가 생각
하는 것보다 더 험난하다. 자칫 한 발자국이라도 잘못 디디면
넌 모든 것을 잃는다. 그래도 그 길을 가려는가?]

　전능자를 직업으로 선택하는 기회가 왔을 때도 이러지는
않았다.
　갑자기 사방이 어두워지면서 내 주변에는 아무것도 존재
하지 않았다.
　오로지 하얀색의 메시지만 허공에 새겨질 뿐이었다.
　'뭔가 특별하다!'
　특별하다는 건 그 누구라도 눈치챌 수 있는 상황이었다.

[너에겐 선택할 기회가 있다. 지금이라도 한 발자국 물러난다면
넌 '전능자'가 되어 세상을 호령할 수 있다. 하지만 계속해서
나아가겠다면 그땐 상상하기 힘든 새로운 힘과 마찬가지로 상
상하기 힘든 새로운 시련을 맞이할 것이다. 자, 이제 선택하라.
나아가겠는가, 아니면 물러나겠는가?]

　뭔가 굉장한 협잡처럼 느껴졌다.
　하지만 난 물러날 생각은 조금도 없었다. 내가 왜 여기까지
왔는가?

전능자와는 비교도 되지 않는 성난 황소를 찾아 여기까지 온 나다.

절대 물러날 수 없었다.

"난 나아간다!!"

큰 소리로 외쳤다.

내 눈빛 속에는 무조건 나아가겠다는 의지가 가득 담겨 있었다.

[넌 선택했다. 넌 나아가길 원했다. 이제부터 네가 가야 할 길은 그 누구도 가보지 못한, 아무것도 알려지지 않은 길. 너는 큰 힘과 큰 시련을 동시에 소유한 존재가 되었다.]

띠링, 당신은 ??????를 직업으로 선택하실 수 있습니다(직업의 이름은 당신 스스로 만들 수 있습니다). 선택하시겠습니까? (Y/N)

직업 이름조차 내가 정하는 것이다.

'ONE'에 이런 직업이 존재했었나? 상상을 초월하는 형식의 직업이었다. 보면 볼수록 정말 이건 딱 날 위한 것이었다.

난 침착하게 손바닥으로 'Y'를 눌렀다.

띠링, ??????을 직업으로 선택하셨습니다.

띠링, 직업의 이름을 직접 선택하여 주십시오. 단, 비속어나 형식에 어긋나는 이름은 등록하실 수 없습니다.

"더 로드(The Lord)!"
난 망설임없이 내 타이틀과 같은 이름을 직업으로 선택했다.

띠링, 직업 이름 '더 로드'를 등록합니다. 맞습니까?(Y/N)

난 이번에도 역시 강하게 'Y'를 후려쳤다.

띠링, 등록되었습니다.

끝났다.
난 드디어 직업을 얻었다.

띠링, 직업과 타이틀이 완벽하게 어울립니다. 당신의 매력이 5% 증가됩니다.

엥, 이건 뭔가?
그냥 '더 로드'라는 호칭이 마음에 들어서 이름을 정한 건데 이런 효과가 있을 줄은 꿈에도 몰랐다.

어쨌든 이건 보너스 같은 느낌이었다.

이제 진짜 끝났다.

내 직업의 이름 '더 로드'는 게임을 플레이하면 처음 나오는 문구 그대로 세상의 정점에 설 한 명, 그 한 명은 내가 될 것이라는 뜻을 가진 이름이었다.

"흐음, 그럼 이제 내가 가진 직업이 어떤 것인지 한번 살펴볼까?"

사실 기대 반 걱정 반이었다.

직업을 선택할 때 워낙 겁을 많이 줘서 살짝 걱정이 되는 것도 사실이었다.

하지만 이미 선택은 했다.

후회는 미련한 이들이나 하는 것, 일단 선택을 했다면 그 선택을 최고의 선택으로 만들어야 한다.

그게 내가 살아가는 방식이었다.

"직업창 오픈!"

난 호기롭게 외쳤다.

내 직업 '더 로드', 그것은 도대체 어떤 것인가?

[더 로드(The Lord)].

정점에 가장 가까이 갈 수 있는 길. 하지만 작은 실수 몇 번만으로도 끝없이 추락할 수 있는 길. 당신이 가려는 길은 그런 길이다. 명심하라! 당신은 지금 최고와 최악을 동시에 경험하고 있음을 명심하라. 노력하라!

최고에서 최악으로 떨어지지 않게 부단히 노력하라. 부디 당신의 앞날에 행운이 깃들기를 바란다.

기본 능력:모든 스킬(무공)에 상성이 사라집니다. 당신은 모든 스킬을 받아들일 수 있는 최고의 자질을 가지게 됩니다. 이제 더 이상 스킬의 충돌은 존재하지 않습니다.

특이사항:레벨을 올리기 위한 필요 경험치가 남들에 비해 30% 증가합니다. 죽음에 대한 페널티가 강화됩니다. 사망 시 보통 유저들보다 경험치와 스킬 숙련도가 두 배 더 하락합니다. 접속 제한 시간이 3일에서 6일로 늘어납니다.

총 사망 횟수가 네 번이 되면 캐릭터의 모든 것이 초기화됩니다(사망 횟수:0).

특수 능력:스킬 융합(融合)[모든 유저가 기본적으로 사용할 수 있는 능력 '스킬 조합'의 발전형 능력. 최대 세 가지의 기술을 한 가지 기술로 합칠 수 있다. 단, 마력(내공) 소모는 그 세 가지 기술의 마력 소모량을 모두 합한 수치의 1.5배가 된다]

특수 기술:오른팔을 용마수(龍魔手)로 변형시킬 수 있다[게임 시간으로 하루에 두 시간밖에 사용할 수 없다(용마수로 변형된 팔로 스킬(무공)을 활성화시키거나 일반 공격을 할 경우 근력, 민첩 +100%의 효과를 발휘한다. 그리고 손을 방어에 사용할 경우에는 방어력 +200%의 효과를 볼 수 있다. 또한 용마섬(龍魔閃)[CT(쿨타임):4분]이란 기술을 사용할 수 있게 된다)].

현 상태:1차 전직 완료.

"허~!!"

말이 나오지 않았다.

그 능력치는 정말 말이 나오지 않을 정도로 좋았다. 일단 특수 능력과 특수 기술은 전직을 거듭할 때마다 발전되는 기술들이었기 때문에 지금보다 더 좋아질 가능성이 있었다.

어떤 이들은 사실상 이 두 가지 때문에 직업이 필요한 것이라고 얘기한다.

하지만 내가 얻은 이 직업은 달랐다. 특수 기술이나 특수 능력도 기가 막히게 좋은 것들이었지만 그것보다 더 기가 막히는 것이 바로 기본 능력이었다.

모든 스킬의 상성이 제거된다!

이 말의 뜻은 곧 난 지금까지 고생했던 것처럼 살얼음판 걷듯이 숙련도 수련을 할 필요가 없어진다는 뜻이었다.

난 왜 이 직업이 가장 정점에 가까운 길을 갈 수 있는 길이라고 표현되었는지 바로 이해할 수 있었다.

진짜였다.

이 능력들만 잘 활용하면 나 정말 상상 이상으로 강해질 수 있었다.

물론 좋은 것만 있는 건 아니었다.

이 직업은 무지막지하게 좋은 장점만큼이나 무지막지하게 두려운 단점을 가지고 있었다.

경험치 30% 증가.

이건 레벨업에 큰 지장을 가져올 게 분명했다. 뒤로 가면 갈수록 어려워지는 게 레벨업인데 이런 식의 페널티는 과히 좋지 않았다.

하지만 정작 더 좋지 않은 건 따로 있었다.

경험치야 좀 더 열심히 노력하면 끝이었다. 그러나 내 목숨은 그게 아니었다.

내게 허락된 죽음은 세 번. 나에게 이제 남은 생명은 네 개밖에 없다는 뜻이었다.

네 번째 죽음은 영원한 안식을 의미했다.

이건 정말 두려운 것이었다.

죽음에 대한 페널티야 그렇다 치더라도 내 목숨이 네 번밖에 되지 않는다는 건 무척이나 두려운 일이었다.

아무리 나라고 해도 이 부분에서만큼은 가슴이 떨렸다.

솔직히 앞으로 죽을 생각은 하지 않았다. 하지만 죽음이란 언제 어디서 어떻게 찾아올지 모르는 일이었다.

말 그대로 이건 살 떨리는 줄타기였다.

정점에 서느냐, 아니면 나락으로 떨어지느냐.

하지만 난 절대 나락에 떨어질 생각이 없었다.

나락은 이미 한 번 경험했다.

다른 사람들은 그 정도만이라도 충분히 대단한 것이라고 손가락을 치켜세웠을지 모르지만 나에게 전생은 아주 깊고 깊은 나락이었다.

"재미있겠어."

난 웃었다.

어차피 이제 와서 바꿀 수도 없었다. 이렇게 된 이상 즐길 필요가 있었다.

죽지만 않으면 되는 거 아닌가? 좀 더 철저히 준비하고, 좀 더 철저히 수련하는 거다.

그리고 확실히 남들보다 더 강해지는 거다.

그럼 된다.

두려워할 건 없었다. 이 정도 시련도 이겨내지 못한다면 내가 얻은 이점들은 다 부질없는 것인지 몰랐다.

얻는 것이 많았던 것만큼 큰 위험을 짊어지는 건 어쩌면 당연한 일인지 몰랐다

그렇기에 난 웃을 수 있었다.

"게임은 이제부터 시작이잖아?"

길고 긴 준비 과정이 모두 끝났다.

지루하고 힘들 수밖에 없었던 길고 긴 여정.

하지만 난 이겨냈다.

그리고 예상보다 훨씬 대단한 성과를 거두었다.

이제부터 남은 건 진짜 게임을 즐기는 것이었다. 지금 단계에서 난 분명 남들보다 뒤처진 게 꽤 많았다.

뚝, 뚜둑.

난 가볍게 경직된 몸을 풀었다.

지긋지긋한 스킬 숙련도 수련도 끝났으니 이젠 그동안 쌓였던 스트레스를 풀어야 했다.

스트레스를 푸는 방법?

그건 당연히 몬스터를 때려잡고 레벨을 올리는 것이었다.

＊　　　＊　　　＊

‘ONE’ 에서 레벨을 빨리 올리려면 단순히 몬스터만 때려 잡아서는 안 된다. 적절한 퀘스트와 사냥의 조화. 이게 빠른 레벨 상승을 위한 상식이었다.

퀘스트(Quest)는 그 숫자가 몇 개인지 절대 셀 수 없을 만큼 많이 존재했다.

퀘스트는 1~9등급까지 있었고, 그 숫자가 낮아질수록 난이도는 급격히 상승했다.

유저들은 자신에게 알맞은 난이도의 퀘스트를 선택해 플레이했다. 동료들이 많거나 능력이 좋으면 높은 등급의, 동료도 없고 능력도 부족하면 낮은 등급의 퀘스트를 하면 그만이었다.

그러한 퀘스트와 사냥의 조합은 보통 사람들에겐 가장 기본적인 것이었다.

하지만 난 좀 달랐다. 난 원래 상식을 파괴하는 존재였다. 퀘스트와 사냥을 병행하려면 마을과 사냥터를 계속 오고 가야 했다. 그런데 난 그 이동 시간이 아까웠다.

그래서 선택한 것이 바로 던전이었다.

던전이라면 사냥만으로도 충분히 큰 효과를 낼 수 있다. 물론 던전은 PvP 존과 비슷한 특수 지역이기 때문에 죽었을 때 아이템을 떨어뜨릴 수도 있었지만 난 어차피 죽으면 안 되는 사람이었다.

단지 아이템 한 개 떨어지는 게 문제가 아니었기에 난 무조건 죽음을 멀리해야 했다. 던전이라면 괜찮은 아이템들도 많이 얻을 수 있었으니 그야말로 나에게 딱 어울리는 곳이었다.

용들의 호수에서 가장 가까우면서 괜찮은 던전은 대략 일주일(게임 시간) 정도를 이동하면 나오는 남부 밀림 지대였다.

비록 몬스터들의 레벨이 상당히 높았지만 외곽부터 잘만 공략하면 그다지 어렵지 않게 적응할 수 있는 곳이었다.

그곳에 내가 찾던 소문난 저레벨 던전 중 하나였던 '다크 우드(Dark Wood)가 존재했다.

더 결정적인 건 아직 아무도 다크 우드를 발견하지 못했을 것이라는 사실이다.

저레벨 던전이었지만 그 위치가 절묘해 게임이 서비스되고 대략 1년(현실 시간)이 지난 후에나 발견되었던 다크 우드.

난 그곳을 독점할 생각이었다.

사실 생각 같아서는 최고의 저레벨 던전이라는 히오나사막의 스콜피온 납골당을 독점하고 싶었지만 그곳은 이미 오래전에 다른 유저들이 찾아냈을 것이다.

포기할 건 과감히 포기해야 했다.

이미 난 현실 시간으로 8개월을 소비했다.

초반 8개월이라고 무시할 수 있는 건 어느 정도일 뿐이었다.

생각보다 많은 것을 다른 사람들이 차지했을 것이다.

하지만 아무리 나라고 해도 게임에 존재하는 좋은 것 모두를 차지할 수는 없다.

그렇기 때문에 난 과감히 8개월이란 시간을 버린 것이었다.

내가 첫 번째로 탐험을 할 다크 우드는 전형적인 저레벨 던전이었다.

이곳은 대충 레벨 20~60까지의 유저들이 파티를 맺고 사냥을 하는 곳이었다.

물론 난 파티 따위는 생각하지 않고 있다.

왜? 내가 파티를 해야 하는가? 던전을 최초 발견한 사람은 기득권을 얻는다.

십 일(현실 시간) 동안 무려 경험치 +20%에, 아이템 획득률 +20%.

이 좋은 걸 남들과 나눌 필요는 별로 없었다. 특히 내 직업의 특성상 난 파티 플레이보단 솔로 플레이가 훨씬 어울렸다.

난 용들의 호수 마을에 잠깐 들러 여행에 필요한 준비를 완벽하게 마쳤다. 그리곤 일주일 동안 열심히 달려 남부 밀림 지대로 들어온 난 다크 우드의 입구가 숨겨져 있는 곳으로 빠르게 이동했다.

남들처럼 어딘가 숨겨져 있을 입구를 찾으며 천천히 주변을 탐색할 필요는 전혀 없었다.

어차피 이 근처 지리를 줄줄이 꿰고 있는 나였다.

그런 내가 왜 힘들게 탐색을 하는가?

난 그저 정확한 위치에 가서 그곳에서 탐색하면 끝이었다.

남부 밀림 지대라면 내가 한때 무척이나 헤집고 다녔던 곳. 당연히 이곳의 지리는 내 손바닥만큼이나 잘 알고 있었다.

난 빠르게 다크 우드로 들어가는 입구가 존재하는 곳 근처에 도착했다.

"이쯤이었지?"

대충의 위치를 찾은 나는 재빨리 관찰 스킬을 활성화시켰다.

이미 내 관찰 스킬은 마스터의 경지를 넘어 하이 마스터의 경지로 다가가고 있었다.

138.949. 이것이 현재 나의 관찰 스킬 숙련도였다.

이 정도 숙련도라면 상급 던전도 찾을 수 있을 정도로 매우 높은 수치였다. 당연히 다크 우드 같은 저레벨 던전은 그 위치가 아무리 교묘해도 금방 찾아낼 수 있었다.

> 띠링, 숲의 어둠이 밀집되어 있는 신비한 나무 동굴을 찾았습니다. [던전:다크 우드 발견]

띠링, 교묘하게 숨겨 있는 비밀 입구를 발견해 관찰 스킬 숙련도가 0.006 상승합니다.

관찰 스킬도 오르고 던전 입구도 찾고, 이 얼마나 바람직한 일인가?

난 흐뭇한 미소를 지으며 칙칙한 나무 동굴 안으로 들어갔다.

띠링, 던전 다크 우드를 최초로 발견하셨습니다. 한 달(게임 시간)간 경험치와 아이템 획득률이 +20% 됩니다.

띠링, 모험의 신전에 등록을 하실 수 있습니다. 모험의 신전에 등록하실 경우 이름이 등록되며 명성이 상승합니다. 등록하시겠습니까? (Y/N)

난 당연히 'N'을 가볍게 쳐주고 던전 안으로 걸어 들어갔다.

왜 등록을 하지 않는지 궁금한가?

내 입장에서는 당연했다. 등록을 하면 그 즉시 모험의 신전 게시판에 이곳의 좌표와 최초 발견자인 내 아이디가 기록된다.

그럼 여기에 다른 유저들이 벌 떼같이 몰려드는 건 정말 순식간이다.

벌써 전 세계에서 7천만 명의 사람이 이 게임을 즐기고 있다는 통계가 나왔다. 아마 조금 있으면 금방 1억 명까지 올라갈 것이다.

아무리 서대륙과 동대륙이 거대한 대륙이라고 해도 레벨 업에 눈이 벌겋게 달아오른 7천만 명의 유저가 가지고 있는 위력은 무시무시할 정도였다.

그깟 명성은 다른 곳에서 올리면 그만이었다.

명성은 특별히 수치로 표시되는 게 아니었다. 명성이 올라가면 대충 '어느 지역에 누가 유명하더라' 라는 식으로 NPC들이 얘기하곤 했다.

명성이 많이 올라가면 여러모로 좋은 점도 많았지만 난 솔직히 명성에는 별 관심이 없었다.

난 원래 체질상 앞으로 나서는 걸 별로 좋아하지 않았다.

그리고 이번에 더 결정적으로 그것을 더 싫어하게 된 이유는 내가 얻은 직업 때문이었다.

원래 어디에서나 가장 앞장서는 사람이 손해를 보게 되어 있었다.

괜히 명성을 올려서 유명해졌다가 전문 PK단들과 싸움이라도 나면 그만큼 골치 아픈 것도 없었다.

일단 음지를 완전히 장악하고 나서 여유가 되면 양지로 나가는 게 옳았다.

어쨌든 여러 가지 이유로 나는 모험의 신전에 등록을 거부했다. 이 경우는 아마 나 이후로 이 던전을 찾는 이가 그 권리를 이어받을 것이다.

물론 그는 내가 얻은 경험치와 아이템 획득률 상승은 얻지 못하겠지만.

스으으~

다크 우드는 말 그대로 검은 나무, 그러니까 한때 하늘을 받치고 있다는 말을 들었을 정도로 거대했던 나무가 쓰러져 썩으면서 생긴 긴 동굴이었다.

총 네 개 층으로 된 이 던전에는 주로 곤충류 몬스터와 식물류 몬스터들이 등장했다.

난 잡화점에서 구입했던 라이트 스톤(Light Stone)을 어깨보호구에 장착한 후 천천히 안으로 걸어 들어갔다.

라이트 스톤은 아주 밝은 빛을 내는 돌이었다.

이것이 없이 던전 탐사를 한다는 건 배도 없이 강을 건넌다는 것과 마찬가지였다.

누차 강조하는 거지만 'ONE'은 그리 친절한 게임이 아니다. 당연히 던전은 어두웠다.

예외적인 던전도 많았지만 많은 숫자의 던전과 미궁들이 칠흑 같은 어둠을 품에 안고 있었다.

라이트 스톤은 그런 어둠을 밝혀주는 도구였다.

그리 비싸지는 않았지만 싼 것들은 사용 시간이 짧았기 때문에 대부분의 사람들은 좀 비싸도 넉넉한 시간을 쓸 수 있는 고급형 라이트스톤을 사서 썼다.

난 아예 반영구형 라이트스톤을 사버렸다.

굉장히 비쌌지만 어차피 한두 번 쓸 것이 아니었기에 과감히 산 것이다.

이번에 이리저리 여행 준비를 하며 남겨두었던 돈을 다 써버렸다. 물론 아직 내가 미리 사두었던 저택 몇 채가 남아 있었기 때문에 여차하면 그것들을 정리하면 됐다. 하지만 난 당장 그것들을 정리할 생각은 없었다.

이제부터는 자급자족하며 다시 천천히 돈과 아이템을 모을 생각이었다.

돈이란 게 없으면 불편한 건 사실이니 어느 정도는 가지고 있는 게 좋았다.

차칵차칵차칵.

라이트 스톤을 활성화시키며 주위를 밝히자 요상한 소리가 나기 시작한다.

"딱정벌레[Coleoptera]인가?"

그것은 남부 밀림 지대의 대표적인 곤충형 몬스터였다. 각각의 개체는 무척 약했지만 워낙 다수로 몰려다녔기에 절대 방심할 수 없는 몬스터였다.

"소리로 봐서는 대형 무리군."

역시 던전 안이라서 그런지 그 무리의 숫자가 평범해 보이지가 않았다.

"딱정벌레 몰이사냥이라……. 그렇다면 역시 이 두 가지가 좋겠군."

난 지존신공과 분심공을 활성화시키며 양손으로 각기 다른 스킬을 사용하기 시작했다.

스킬 조합, 하급 화염 주술, 화염의 인(刃)+하급 화염 마법, 파이어 붐(Fire Boom).

화염폭풍(火熖爆風)!!

스킬 조합, 하급 뇌전 주술, 뇌정인(雷情刃)+하급 뇌전 마법, 쇼크 웨이브(Shock Wave).

전격난무(電擊亂舞)!!

두 가지 스킬 조합이 동시에 활성화된다. 한꺼번에 네 가지 스킬을 두 개씩 묶어서 발동시키는 나.

누가 감히 이런 짓을 할 수 있겠는가?

이건 오로지 나만 되는 것이다.

화르르르륵!

츠츠츠츠츳!

아무리 하급 주술과 하급 마법들이라지만 동시에 네 가지가 조합되어 발동되자 사방을 쓸어버리는 건 일도 아니었다.

특히 상성상 불과 뇌전에 약했던 딱정벌레들은 한꺼번에 전기 화염 통구이가 되어버렸다.

타타타타타탁!

마치 전자렌지에 팝콘을 튀기듯 사방으로 튀며 죽는 딱정 벌레들. 이것이야말로 진정한 몰이사냥이었다.

경험치?

당연히 잘 올랐다.

이것들은 적어도 20레벨 유저 네 명 정도가 파티를 하고 몰아서 잡아야 하는 것들이었다.

하지만 난 혼자 잡는다.

비록 한 번 사냥할 때마다 마나 소비가 커 약간씩 쉬는 시간을 가져야 했지만 그마저 남겨두었던 돈의 대부분을 써서 대량으로 구입해 온 고급 마나 회복 물약으로 어느 정도 커버하면 됐다.

퐁!

난 가방에서 작은 유리병 하나를 꺼내 뚜껑을 땄다.

그것은 바로 고급 마나 회복 물약.

물론 'ONE'에서 물약의 효과가 그다지 크지 않았고, 그 쿨타임도 1분이나 되었기 때문에 무작정 물약만 믿고 돌진할 수는 없었지만 그래도 일단 이렇게 1분에 한 병씩 고급마나 회복 물약을 마시게 되면 사냥 속도는 월등히 빨라질 것이다.

“꿀꺽꿀꺽.”

깔끔하게 물약을 마셔 버렸다.

“캬아~ 이 맛 때문이라도 계속 마시고 싶단 말이야.”

물약은 진짜 시원하고 달콤하면서도 개운한 맛을 냈다.

이것을 한 번이라도 맛본 사람들은 하나같이 세상에 존재하는 그 어떤 청량음료보다 맛있다고 말했다.

이 맛, 정말 오랫동안 느끼지 못했던 이 맛을 느끼며 난 점점 다크 우드 안쪽으로 깊숙이 걸어 들어갔다.

CHAPTER 13
사냥 시작

다크 우드에서의 사냥은 순조로웠다.

과연 내 직업과 스킬들은 사기적인 능력을 지니고 있었다.

파티 사냥이 기본인 던전에서 마음껏 활보하는 나.

그런 나의 모습은 정말 일인군단이었다.

물론 그렇다고 무리는 하지 않았다. 난 최대한 조심스럽게,
하지만 화끈하게 다크 우드를 조금씩 점령해 나갔다

6일(게임 시간)이 지나고 난 다크 우드 2층에 있었다.

결계석(結界石) 몇 개로 간단한 안전 지역[Safety Zone]을 설
정한 난 그 안에 앉아 있었다.

결계석은 라이트 스톤과 마찬가지로 여행자가 필수로 가지고 다녀야 할 물건이었다.

위험한 지역에서 로그아웃을 할 때나 오랜 시간 휴식을 취할 때 결계석을 이용해 안전 지역을 만들어줘야 했다.

일단 안전 지역만 설정해 주면 몬스터들이 그 안쪽의 유저를 인식하지 못했기 때문에 마음 놓고 로그아웃이나 휴식을 취할 수 있었다.

물론 그 안전 지역은 전투 중에는 만들 수 없고, 만들어진 안전 지역에서는 전투가 불가능했다.

어쨌든 안전 지역에 앉아 휴식을 취하던 나는 새롭게 등장한 몬스터에 알맞은 스킬 조합에 대해 생각해 보고 있었다.

지금 이 지역에서 나오는 몬스터들은 일종의 식물형 몬스터였다. 썩은 나무 괴물들.

무리 지어 다니지는 않았지만 한 마리 한 마리가 꽤 강력한 몬스터였다.

내 관찰 스킬로 알아본 결과 평균 레벨은 40~45.

지금 내 레벨이 34인 것을 감안했을 때 상당히 높은 레벨의 몬스터였다.

"이것들이 내 예상과는 다르게 불에 강하단 말이야."

식물형 몬스터가 불에 약한 건 누구나 아는 사실. 그런데 썩은 나무 괴물들은 이상하게 불에 강했다.

현재 내 주력 공격의 속성은 대부분 불과 뇌전이었다.

그런데 썩은 나무 괴물들이 이 두 속성에 강한 모습을 보여 주니 조금 난감해질 수밖에 없었다.

"흐음, 썩은 나무 괴물… 썩은 나무… 썩은? 그래, 이놈들도 식물보다는 언데드에 가까운 놈들이었군."

몬스터는 대체로 몇 가지의 속성을 가진다.

썩은 나무 괴물은 나무 속성보다는 언데드 쪽 속성이 더 강한 몬스터임이 틀림없었다.

"그러면 이걸 써야겠군."

신성 계열은 나와 잘 맞지 않아 자주 사용하지는 않는다. 하지만 그렇다고 버리는 스킬은 아니었다.

종종 사용해 주며 감각을 유지할 필요가 있었다.

특히 상대가 언데드라면 신성 계열만큼 좋은 기술도 없었다.

"디바인 소드와 오행신검 염화검(炎火劍)을 같이 사용해 볼까?"

스킬 조합은 잘 생각해서 사용해야 한다.

조합이 실패할 경우 숙련도가 내려가는 건 물론이고 힘의 반작용으로 나에게 큰 충격이 있을 수도 있었다.

특히 내가 자신할 수 없는 기술들의 조합은 더 조심해야 했다.

조합의 성공 확률은 여러 가지에 영향을 받았는데 그중 가장 큰 것이 내가 조합을 하려는 기술들을 얼마나 능숙하게 펼칠 수 있느냐가 중요했다.

오행신검의 염화검은 그럭저럭 내 손에 익은 검법이었지만 디바인 소드는 아직 내가 완벽하게 다루지 못하는 스킬이었다.

당연히 조심, 또 조심해야 했다.

오른손에 디바인 소드를, 그리고 왼손에 염화검을 만들었다. 그리고 천천히 그 둘을 합치기 시작했다.

조합이 익숙하다면 이 과정을 한 번에 처리할 수 있었지만 지금은 일단 조합이 가능한지 실험을 하는 단계.

실험을 할 때는 이렇게 하는 게 최고였다.

치이이익!

두 스킬이 서로를 밀어내며 살짝 진동을 일으켰다.

'안 되나?'

이런 반응은 보통 조합이 되지 않을 때 나오는 반응이었다.

원래대로라면 멈춰야 했다.

가능성이 별로 보이지 않는 걸 무리해서 조합하려고 할 필요는 없었다.

하지만 난 좀 더 지켜보기로 마음먹었다.

진동 속에서 느껴진 아주 미세한 뭔가의 이질감, 그 이질감 때문일까? 평소에 조합이 되지 않을 때 느꼈던 진동과는 조금 다른 느낌이었다.

부우웅!

갑자기 두 스킬이 부풀어 올랐다.

"헉!"

이런 반응은 나도 처음이었다.

펑!

주르르륵! 꽝!

갑작스러운 폭발에 난 뒤로 튕겨져 한쪽 벽에 처박혔다.

"크윽! 뭐지?"

난해하고 신비로운 과정을 거쳐 신성 폭발(神聖爆發)의 원리를 알았다.

갑자기 천서에 새로운 지식이 추가되었다.

"신성 폭발?"

꽤 큰 폭발이었건만 내 체력은 전혀 줄어들지 않았다. 오히려 벽에 부딪치며 살짝 줄었던 체력이 이상한 반응과 함께 금세 원래대로 회복되었다.

"설마… 이게 그 말로만 듣던 천서비기(天書秘技)인가?"

천서비기, 또는 아카식 레코드 스킬이라 불리던 그건 나도 소문으로만 들었던 것이다.

천서에 방대한 양의 지식을 담고 있는 이들이 아주 드문 확률로 얻을 수 있다는 스킬 아닌 스킬.

그것은 게임에 정식으로 등록되지 않지만 분명 사용할 수 있는 기술을 의미했다.

방금 일어났던 폭발.

그리고 천서에 등록된 신성 폭발의 원리.

난 어쩌면 신성 폭발이라는 천서비기를 습득한 것인지도 몰랐다.

"정말 있었군!"

그저 별거 아닌 재미있는 버그의 일종이라고 생각했다.

게임에 등록되지 않는 스킬 따위가 존재한다는 것도 믿기 힘들었지만 어쨌든 분명히 있다고 하는 사람들이 많으니까 있다는 건 대충 믿었으나 난 그것을 잡기(雜技)로 치부해 버렸었다.

등급 외, 또는 무(無)등급이라 평가받던 천서비기.

몇몇 사람들은 그것을 우연히 좋은 반응을 얻은 버그의 일종일 뿐이라고 혹평했지만 대부분의 사람들은 이것이야말로 'ONE'이 얼마나 다양하고 많은 변화 가능성을 지닌 게임인지를 알려주는 시스템이라고 말했다.

막상 내가 이렇게 얻고 보니 별거 아니라고 치부하기 힘들었다. 잠깐 느낀 것이지만 분명 굉장한 가능성이 보였다.

그 위력이 굉장한 건 아니었지만 등록이 되지 않은 스킬인 만큼 굉장히 광범위하게 응용하여 사용할 수 있었다.

"신성 폭발이라……. 이거 대충 보니 회복과 공격이 동시에 가능한 기술인 것 같은데."

분명 약간 줄어들었던 내 체력을 한순간에 회복시켰다.

게임에 등록이 되지 않는 스킬이라 정확한 효과와 활용 방법을 찾기가 무척 난해한 천서비기였다. 그렇기 때문에 좀 더 연구를 해야 했다.

당연히 연구쯤이야 즐겁게 해줄 수 있었다.

"역시 아카식 레코드 작업을 열심히 한 보람이 있군."

지루하고 힘들었던 그 작업에 대한 기억이 한순간에 보람찬 작업의 기억으로 바뀌었다.

"앞으로는 지금처럼 게으름 피우지 말고 열심히 작업을 해야지."

사실 요즘 살짝 그 작업에 소홀했던 게 사실이다. 하지만 이렇게 천서비기도 진짜 존재하는 걸 알았으니 난 더욱 열심히 그 작업을 할 생각이다.

"자, 그럼 천서비기도 얻었겠다, 이걸 이용해 그 썩은 나무 괴물들을 잡아볼까?"

이왕 얻은 천서비기이니 아주 유용하게 써먹을 필요가 있었다.

키잉키잉.

키잉키잉.

안전 지역 근처에서 요상한 소리를 내며 돌아다니고 있는 썩은 나무 괴물들. 그들은 나의 좋은 수련 상대가 될 것이다.

스킬 융합, 염화검+디바인 소드+그레이트 힐링.

번쩍!

꽈광!

키르르르륵.

하얀 빛무리가 폭발하며 주변에 존재하던 세 마리의 썩은 나무 괴물들 몸을 파고들었다.

정확한 타이밍에 터진 신성 폭발.

그것도 그냥 신성 폭발이 아닌, 내가 최근에 새롭게 발견한 '신성 폭발 타입 2' 였다.

타이밍 조절과 범위 설정이 살짝 난해하지만 그 위력은 타입 1보다 더 강력했다.

길게 울부짖으며 뒤로 물러나는 두 마리의 썩은 나무 괴물.

신성 폭발 타입 2는 꽤 강력한 공격이었건만 이 녀석들은 아직 끈질기게 살아남아 있었다.

마무리가 필요했다.

'마무리는……'

스킬 조합, 파워 업(Power Up)+디바인 포스.

괴력 충전(怪力充電)!

연계 발동!! 오행신검 연환오행검(連環五行劍)!!

번쩍!

내 손에 들려 있던 평범한 검에 요상한 괴력이 실리고 그 상태에서 다섯 빛깔의 검기가 사방에 뿌려진 건 정말 순식간에 일어난 일이었다.

츠츠츠츠춧! 꽈과광!

비틀거리던 썩은 나무 괴물의 몸통에 정확히 명중하는 다섯 빛깔의 검기! 느낌으로 봐서 이건 제대로 치명타가 터졌다.

쩌적!

키에에엑!

쿠쿠쿵!

쓰러지는 썩은 나무 괴물들. 시스템 메시지는 나의 멋진 승리를 축하하며 경험치와 몇 가지 스킬의 숙련도가 상승했음을 알려주었다.

단 한 방의 기술로 깔끔하게 끝냈다.

방금 내가 선보인 이 기술은 최근에 간신히 완성한 아주 괜찮은 연계 기술이었다.

이 연계 기술은 앞으로도 자주 사용할 생각이었다.

보통 연계 발동은 특수한 조건이 갖춰졌을 때만 사용이 가능했는데, 이걸 찾는 건 순수하게 유저들의 몫이었다.

연계 기술은 내가 알고 있는 것으로는 열 번까지가 최고였다.

내가 방금 사용한 기술의 연계 횟수는 두 번이었다. 하지만 보통의 평범한 2단 연계 기술은 아니었다.

연계 기술은 정말 다양한 종류가 존재했다.

방금 내가 사용한 스킬 조합+연환 스킬은 연계 기술 중에서도 상당히 고급에 속하는 기술이었다.

연계 기술이라고 해서 무조건 연계에 연계만 계속한다고 좋은 게 아니었다.

물론 대충 4단 연계가 넘어가면 연계 보너스가 상당해지기 때문에 그것만으로도 의미가 있었지만 보통의 경우는 그렇게까지 연계시키지 못했다.

대부분의 연계 기술은 2~3단이었다.

많은 유저들이 주로 그 정도의 연계 기술을 사용했고, 그건 상위 랭커들도 마찬가지였다.

단지 보통 유저와 상위 랭커와의 차이는 누가 좀 더 효율적이고 위력적인 스킬 연계를 만드느냐는 것이었다.

단순히 스킬+스킬의 연계는 일반 사람들도 조금만 노력하면 다 할 수 있는 것이었다.

물론 그것도 어렵다고 징징대는 이들이 있었지만 그건 몇몇 소위 발컨―발로 컨트롤하는 유저의 약어. 아주 오래전 PC 온라인 게임 때부터 전해져 내려오는 말―이라 불리는 이들의 말일 뿐이었다.

난 스킬을 조합한 상태에서 곧장 연환 스킬을 사용해 연계 기술을 완성시켰다.

이것은 순수하게 난이도로만 따지면 거의 단순 스킬들로
만 만든 4단 연계 기술과 비슷했다.

스킬을 조합하는 것도 쉬운 일이 아니다. 거기다 연환 스킬
은 그 자체로 몇 가지의 기술이 한 가지로 변형되어 있는 스
킬이었다.

그렇기 때문에 이 둘로 연계 기술로 만드는 건 분명 쉬운
일이 아니었다.

아무렇게나 가져다 붙인다고 연계 기술이 되지는 않는다.

어떤 기술과 어떤 기술이 연계될지는 아무도 모른다. 물론
노련한 유저들은 대략 그 느낌, 흔히 말로 설명할 수 없는
'필(Feel)' 이라고 표현하는 그것으로 연계 기술을 만들어내
곤 했다.

하지만 그 노련한 유저라는 건 적어도 'ONE' 을 현실 시간
으로 2~3년은 해야 만들어지는 것이었다.

나?

당연히 난 이미 남들의 상식을 뛰어넘는 노련한 유저였다.

"음, 아직 연환오행검의 움직임이 썩 마음에 들지는 않네."

다른 이들이라면 충분히 만족했겠지만 난 만족하지 못했
다. 방금 경우 다섯 번의 칼질이 고속으로 이루어지며 다섯
개의 검기를 뿌렸는데 그 검기의 방향이 너무나 제각기였다.

원래 연환오행검은 정확하게 부채꼴 모양을 그리며 검기
를 쏟아내야지만 그 위력을 최고로 발휘했다.

단독으로 펼칠 때는 큰 어려움 없이 할 수 있었지만 역시 괴력충전과 함께 연계 기술로 발동시킬 때는 아직 부족한 점이 많았다.

"그나저나 크로스 블레이드는 왜 안 나오지? 변형 검술(變形劍術) 숙련도가 이 정도면 분명 슬슬 스킬을 습득할 때가 되었는데?"

크로스 블레이드는 무척 좋은 스킬 중 하나였다.

난 74개의 스킬을 익히고 있었지만 아직 부족했다. 아직 내가 익혀야 할 스킬은 무궁무진하게 남아 있었다.

이게 다 내가 얻은 직업 덕분이다.

원래 이런 직업을 얻을 것이라고는 생각도 못하고 타이트하게 익히는 스킬들을 한정 지었는데 이 직업이라면 대충 세 배, 한 200~240개 정도는 익혀도 충분히 관리가 될 것 같았다.

"뭐, 언젠간 나오겠지."

변형 검술을 익히다 보면 A 랭크의 변형 검술류 스킬인 크로스 블레이드를 얻는 건 당연했다.

미래를 알고 있다는 것 덕분에 난 늘 여유를 가질 수 있었다.

이게 좋았다.

괜히 조바심을 내면 될 일도 안 되는 법.

늘 이렇게 여유를 가지고 천천히 하지만 확실하게 움직여야 했다.

"그나저나 이것들, 거지잖아?"

난 썩은 나무 괴물들이 쓰러진 곳에 떨어진 아이템들을 수거했지만 그중 쓸 만한 것을 하나도 발견하지 못했다.

전부 아카식 레코드 작업에나 쓰고 버려야 하는 잡템들 뿐이었다.

"이거 원… 경험치도, 아이템도 다 별로네. 아~ 이제 슬슬 3층으로 내려가야 하나?"

다크 우드에서 사냥을 시작한 지 벌써 보름(게임 시간)이 흘렀다.

그건 이제는 슬슬 2층에서의 사냥을 마무리하고 3층으로 내려갈 때가 되었다는 뜻이다.

내가 여기서 사냥하는 시간은 딱 한 달(게임 시간)이 될 것이다.

보너스를 받을 수 있는 시간을 모두 이용한 후 유유히 사라져 줘야 제대로 던전을 탐험했다고 말할 수 있었다.

"4층이야 뭐, 거의 던전 보스를 위한 층이니까… 3층 정리는 대충 십 일 안에 끝내면 되겠군."

지금 내 레벨이 48이다.

다크 우드는 아주 훌륭한 폐관수련 장소가 되어주었다.

레벨도 스킬 숙련도도 쑥쑥 잘 올랐다.

남들은 우왕좌왕하면서 한 3개월(게임 시간) 동안 올렸을법

한 레벨을 난 단 보름 만에 올려 버렸다.

물론 이곳에 들어오기 전 20레벨 정도까지 올렸던 건 사실이지만 그걸 제외하더라도 남들보다 대략 네 배 정도는 빠른 사냥 속도였다.

혼자서 파티 사냥을 하듯 몰아서 잡는 것과 던전의 보너스 경험치 덕분에 나오는 속도였지만 어차피 그것들 모두 내가 내 스스로 만들어낸 것들이었다.

어제 오프라인에서 확인한 결과 현재 최상위급 유저들 레벨이 170~190 사이였다.

아직 나와는 큰 차이가 있었다.

'ONE' 에서 레벨의 끝은 1,000이지만 사실상 1,000에 도달하는 건 거의 불가능하다고 평가되고 있었다.

위로 올라갈수록 레벨업이 워낙 힘들어졌기에 일단 레벨이 200을 넘으면 익스퍼트 급 유저라고 불렸고, 400을 넘으면 마스터 급, 유저 500을 넘으면 하이 마스터 급 유저, 그리고 700을 넘으면 그랜드 마스터 급 유저라고 불렸다.

이 등급은 그냥 유저들이 알기 쉽게 나누어 부르는 것이기 때문에 특별한 의미는 없었다.

의미는 없었지만 등급 간의 능력 차이는 분명 존재했다. 그 이유는 나누는 기준이 전직 레벨이었기 때문이다.

총 다섯 번의 전직.

소문엔 900에 한 번을 더해서 여섯 번이라는데, 내가 시간을 거슬러 오르기 전 최고 레벨이었던 유저가 876이었기 때문에 그 900에 있다는 여섯 번째 전직은 확인하지 못했다.

사실 그 말이 나와서 하는 말이지만 레벨이 700을 넘어가면 그때부턴 진짜 또 하나의 지옥이 시작된다고들 말했다.

그래서 사람들은 농담 삼아 'ONE'에는 두 개의 지옥이 있는데, 하나는 스킬 숙련도가 150을 넘으면 나오는 지옥이고, 하나는 레벨이 700을 넘으면 나오는 지옥이라고 했다.

일명 '더블 헬(Double Hell)'이라 불리는 그 지옥들, 그나마 첫 번째 지옥은 통과한 이들이 그럭저럭 존재했지만—사실 스킬의 방대한 종류를 보면 그들은 그저 맛만 본 것일지도 모른다—두 번째 지옥은 완벽하게 통과한 이가 한 사람도 없었다.

두 번째 지옥을 통과해야 올라갈 수 있는 레벨 900. 그건 그 당시 최고 레벨 유저도 앞으로 1년(현실 시간)은 더 있어야 올라갈 수 있을 것 같다고 말했던 레벨이다.

어쨌든 레벨은 뒤로 갈수록 올리기가 힘들다.

그리고 난 페널티도 있고 시간도 늦었다. 그렇다는 건 지금의 속도에 만족해서는 안 된다는 얘기였다.

"속도를 내기 전에 일단 이놈의 가방부터 정리해야겠군."

최초 용들의 호수 근처 마을에서 무려 천 골드를 지불하고 사 온 최고급 무한의 가방이 벌써 꽉 차 있었다.

이게 무슨 무한의 가방?

무척 비쌌던 이 가방. 이것은 보통 게임을 시작하면 지급받은 마법 가방보다 열 배가량의 물건을 더 보관할 수 있었지만 나에겐 턱없이 부족한 공간이었다.

"젠장, 가방을 하나 더 사서 두 번째 가상 가방으로 설정하고 싶어도 일단 익스퍼트 등급(레벨200)까지는 올려야 하니… 그게 문제네."

2차 전직부터 전직을 할 때마다 한 개씩 가방을 추가할 수 있었다.

모자라는 가방의 공간 때문에 난 어쩔 수 없이 미친 듯이 비싼—천 골드면 재수만 좋으면 A급 스킬 북이나 어지간한 레어(푸른색) 아이템도 구할 수 있는 돈이었다—무한의 가방을 샀건만 역시나 벌써 그 한계를 드러냈다.

"젠장… 망할 놈의 시약(試藥)들……."

문제는 역시 시약들이었다.

시약이란 특수한 주문이나 소환술, 또는 마법을 사용할 때 쓰이는 약재들이었다.

보통 시약은 그렇게 비싸지는 않았지만 그 종류가 무척 많았다. 전부 각각 쓸모가 있기 때문에 충분한 양을 준비해야 했다.

심지어 어떤 스킬들은 매우 특이하고 희귀한 시약이 있어야만 사용할 수 있는 것들도 있었다.

이런 것을 감안하면 육체를 이용한 기술을 사용하는 직업들이 편했다.

그 직업들은 그저 몇 병의 시원한 물약과 잘 손질된 붕대들만 있으면 만사 오케이였다.

무한의 가방의 30%를 차지하고 있던 시약들을 버릴 수는 없었다. 그럼 마찬가지로 30%의 공간을 차지하고 있던 각종 물약을 버릴까? 당연히 그럴 수도 없었다.

차라리 사냥하면서 주웠던 쓸모없는 매직(녹색) 아이템을 버리는 게 좋았다.

내게 중요한 건 첫째도 생존이요, 둘째도 생존이었다.

당연히 시약과 물약은 생존에 꼭 필요한 것이었고, 매직 아이템은 아니었다.

물론 그냥 버릴 수는 없었다.

이 아까운 것을 어떻게 그냥 버린단 말인가?

이럴 때를 대비해 난 아주 좋은 스킬을 배워왔다.

생산 스킬 가운데 반은 연금술이고, 반은 대장 기술인 특이한 스킬이 하나 있다.

그래서 이 기술은 연금 계열로 취급되면서 또 대장 계열로도 취급된다.

마력핵 추출(魔力核抽出) 스킬.

이 기술로 마력핵을 추출하면 그게 바로 마정석(魔情石)이다.

마정석은 그 용도가 아주 다양했는데, 사실 마정석의 진정한 위력은 좀 많은 시간이 지나야 알 수 있었다.

지금의 마정석은 희귀하지만 잘 거래도 되지 않는 그런 계륵 같은 존재일 뿐이었다.

당연히 마력핵 추출 스킬은 대부분의 사람들이 무시하는 스킬이었다.

그럼 왜 난 이 스킬을 익힐까?

당연히 다 이유가 있었다. 게임이 출시되고 현실 시간으로 3년, 게임 시간으로 9년 뒤에 'The One Part 2:우라노스의 반격' 이라는 타이틀로 대규모 업데이트 이벤트가 발생한다.

마정석은 그때를 위해 미리 모으는 것이었다.

그 얘기는 뭐 아직 먼 미래의 얘기니까 다음에 하도록 하고, 일단 결계석으로 안전 지역을 설정한 난 버리고자 마음먹은 매직 아이템들을 하나하나 정성스럽게 바닥에 내려놓았다.

마력핵 추출 작업은 간단했지만 쉽지는 않았다.

성공 확률도 무척 낮았고 성공을 해도 대부분 마정석 조각이 나오는 경우가 많았다.

바닥에 앉아서 앞에 놓여 있는 아이템들을 향해 양손을 뻗었다.

스킬 발동, 마력핵 탐지(魔力核探知)!!

마력핵 추출 스킬의 본질은 바로 아이템의 중심(핵)을 찾아내는 것.

스킬을 활성화시킨 나에겐 마치 아이템이 투시라도 된 것처럼 반투명하게 보였다.

그리고 이상한 선들이 마구 교차하며 얽혀 있었고, 그 선들을 타고 하얀 빛 덩어리들이 끊임없이 순환했다.

'그냥 대충 핵이나 뽑을 수 있게 하면 되지 뭘 이렇게 자세하게 만들어서는…….'

불평을 해도 소용없었다.

원래 'ONE'은 귀찮은 면이 많은 게임이었다.

난 그 선들 사이를 유심히 살펴 붉은 점 하나를 찾아냈다. 이게 바로 내가 찾는 핵이다.

스킬 발동, 마력핵 추출!

팟! 쩌정~!!

띠링, 마력핵 추출에 실패하셨습니다.

"젠장!"

재수없게 처음부터 실패였다.

하지만 그렇다고 멈출 수는 없었다. 계속되는 시도. 어차피 핵을 추출할 매직 아이템은 아직 많이 남아 있었다.

'남들은 생산 스킬 올리다가 깨달음을 얻어 경험치도 많이 얻고 스킬 숙련도도 대폭 올라간다던데……'

아직까지 나에겐 그런 경우가 없었다.

물론 내 스킬의 95%가 전투 스킬이기 때문이기도 했지만 내가 원래 생산 스킬과 궁합이 잘 맞지 않는 게 더 큰 이유일 것이다.

"하긴 뭐, 내가 이걸로 장인(匠人)이 되려는 것도 아닌데 뭐."

장인이 되면 게임에서 큰 인정을 받는다.

장인이란 것은 생산 스킬 몇 가지를 적어도 하이 마스터 이상 올렸다는 소리.

그것은, 즉 길드나 연합에 큰 도움이 될 수 있다는 뜻이었다.

실제로 유명한 장인들은 늘 대형 길드와 연합에 정중한 초청을 받았었다. 그렇게 장인은 장인 나름대로의 세계가 있었다.

하지만 난 관심없었다.

어차피 난 내가 자급자족할 정도의 생산 기술을 가지고 있으면 끝이었다.

적당히 대충 장비를 수리할 수 있는 대장 기술.

적당히 쓸 만한 회복 물약을 만들 수 있는 연금 기술.

적당한 제련 기술.
적당한 채집 기술 등등.
생산 기술은 진짜 적당한 것 그 이상은 바라지 않았다.
아, 마력핵 추출 스킬 하나만 제외하고!

CHAPTER 14
조우(遭遇)

The 더로드
LORD

다크 우드 3층에 시식히는 몬스터들의 레벨은 50~55였다. 이들 역시 나에겐 좋은 사냥감일 뿐이었다.

이번 층에서도 역시 사냥은 순조롭게 진행되었다. 레벨이 오르고, 스킬 숙련도도 오르고, 모든 게 문제없었다.

하지만 사냥은 잘될지 몰라도 요즘 들어 스킬 조합이나 연계 기술 같은 것을 전혀 연구하지 못했다. 사실 난 최근 들어 갑자기 떠오른 한 가지 생각 때문에 뭔가에 집중을 할 수가 없었다.

처음 이 직업을 얻었을 때 난 제한된 생명에 대해 정말 많은 생각을 했었다.

일단 죽지 않는 게 가장 중요했지만 혹시 죽음을 예방할 수 있는 방법이 없는지 고민했다.

당시 가장 쓸 만한 몇 가지 방법이 생각났었다.

가이아 신전 최고 사제들이 내릴 수 있다는 부활의 축복이나 불사신공(不死神功)이라는 무공을 극성(숙련도 200)으로 익힌 유저에게 주어지는 타이틀인 불사인(不死人).

가장 먼저 생각난 게 이 두 가지였다.

하지만 부활의 축복은 가이아 신전의 종으로 일하겠다고 맹세한 신전 소속 직업을 얻은 이들 중 신전 충성도가 매우 높은 이들만 받을 수 있는 것이었다. 거기에 그 효과도 12시간(게임 시간) 유지에 36시간 쿨타임이었다. 그뿐인가? 한 번 받을 때마다 들어가는 돈도 무척 많았다.

죽는 즉시 삼분의 일의 체력과 마력으로 다시 부활할 수 있다는 점은 참 좋은 축복이었지만 그것을 받고 돌아다니는 이들은 극소수였다.

그리고 두 번째 불사신공.

이건 부활의 축복보다 더 불가능했다.

일단 불사신공은 초월급 무공이다. 천무칠성 중 불사마군(不死魔君)이라 불렸던 한림(韓林)의 독문 무공.

그가 어떻게 불사신공을 익혔는지 알려진 건 하나도 없었다. 불사인 타이틀의 효과는 플레이어가 사망했을 경우 약 1분 후 다시 부활시켜 주는 능력이었다.

　체력과 마력은 50%까지 회복한 상태로 부활했다.

　대략 몸을 1분간 다시 재생시킨다는 설정인데, 어쨌든 부활은 부활이었다.

　이 효과의 쿨타임은 한 달이었다. 즉, 한 달에 한 번 부활할 수 있다는 뜻이었다.

　물론 내가 이 타이틀을 구할 가능성은 제로였다.

　불사신공을 얻는 방법도 모르고, 한림이 지금 어디서 게임을 하고 있는지도 모른다.

　하지만 더 결정적인 건 이게 과연 내 직업창에 표시되어 있는 죽음 횟수를 올리지 않는 부활인지 그걸 확실히 모르겠다는 점이었다.

　즉시 부활이라면 확실히 횟수가 올라가지 않을 테지만 이건 즉시 부활이 아니라 좀 믿기가 힘들었다.

　하지만 상관없었다.

　어차피 둘 다 얻을 수 없는 것들이었다.

　그밖에도 몇 가지 비슷한 건 생각났지만 대부분 그 효과를 거의 확신할 수 없는 것들이었다. 물론 얻을 가능성도 지극히 낮았다.

　결국 고민 끝에 생명을 늘리는 건 포기했다.

　그런데 며칠 전 갑자기 까마득히 잊고 있던 사실이 하나 떠올랐다.

　"대미궁……."

대미궁(大迷宮).

그것은 말 그대로 커다란 미궁이었다.

그 입구만 해도 무려 4,000곳이 넘는다고 알려진 미궁. 지하로 뻗어 있는 거대한 이 미궁의 크기는 감히 예측하기도 힘들 정도였다. 그런데 이게 단순히 커다란 미궁만은 아니었다.

그곳은 그 크기만큼이나 많은 비밀을 가지고 있는 최고의 던전이라 할 수 있었다.

대략 시간을 계산하자면 지금 이 순간부터 대략 11개월(게임 시간) 후에 서대륙에서 발견된 공포의 미궁.

그 미궁이 최초 발견되었을 당시 '대미궁의 수수께끼' 라는 이벤트가 발생했었는데, 무려 사백만에 가까운 유저들이 그 이벤트에 참가해 미궁 안으로 들어갔었다.

단일 이벤트로는 거의 최대 규모였다. 그런데 더 놀라운 건 대미궁이 얼마나 크고 복잡했으면 그 사백만의 인원을 다 받아들였건만 그 안 통로에서 서로 조우하는 팀은 별로 많지 않았다고 한다.

그뿐인가?

무려 사백만의 인원을 전부 받아들이고 마지막에는 겨우 천 명만 살아나가는 것을 허락한 대미궁.

천 명, 팀 숫자로 하면 대략 100여 개 팀.

더 놀라운 건 이 100여 개 팀 중 대부분이 99층으로 이루어진 대미궁의 절반도 내려가지 못했다는 사실이다.

그들은 그저 이벤트 기간인 석 달(게임 시간) 동안 생존한 게 전부였다.

가장 잘나갔던 팀의 성적이 80층이었다.

그렇게 이벤트가 종료되었었다.

나중에 오랜 세월이 지나면서 결국 대미궁은 여러 팀에게 정복당했지만 그건 98층까지만이었다.

그 누구도 99층에는 입장조차 하지 못했다.

첫 이벤트에서 굳게 닫힌 99층으로 가는 지하 입구는 완전히 봉인되어 있었다.

결국 대미궁은 그렇게 영원히 정복하지 못한 던전 중 하나가 되었고, 사람들은 99층의 존재에 대해 잊어갔다.

나도 똑같았다.

대미궁은 분명 몇 번이고 가본 곳이었지만 99층의 존재는 까마득히 잊고 있었다.

아마도 그래서 바로 생각해 내지 못했던 것 같다.

그 잊었던 기억을 며칠 전 너무 우연히 기억해 냈다. 정확히 말해 내가 기억해 낸 것은 바로 '그것'.

'그것'은 유저들 사이에서 그 효과가 뭔지 궁금하다고 얘기가 오고 가던, 영원히 증명되지 않은 몇 가지 물건 중 하나였다.

"그 대미궁 이벤트… 그때 보상 중에 분명 '그것'이 있었어."

‘그것’ 이라면 충분히 가능성이 있었다.

비록 아무도 얻지 못한 것이었기에 정확하게 확단할 수는 없었지만 가능성은 매우 높았다.

“그래, 어차피 그 이벤트는 참가하는 게 큰 이익인 이벤트니까…….”

대미궁 이벤트라면 사람들 입에서 두고두고 회자되는 큰 이벤트였다.

당연히 참가해야 했다.

“99층이라……. 이거 괜히 미래를 바꾸는 거 아냐?”

살짝 불안했다.

물론 내가 99층을 클리어할 가능성은 매우 낮았다. 하지만 그래도 혹시 클리어했다고 가정하면 왠지 미래가 바뀔까 봐 불안했다.

“아니지. 구더기 무서워서 장을 못 담글 수는 없지.”

아주 오래된 속담처럼 바뀌는 미래를 두려워해서 게임을 제대로 플레이하지 않는 건 미련한 짓이었다.

하지만 일단 지금 당장 선행되어야 할 것은 대미궁에서 살아남을 수 있을 만한 실력을 기르는 것이었다.

지금의 레벨과 장비로는 너무도 부족했다.

물론 시간은 많이 남아 있었다.

난 대미궁에 들어가기 전까지 적어도 익스퍼트까지는 레벨을 끌어올리고 장비들도 레어급을 많이 구해놓을 생각이었다.

"마스터는 무리일지 몰라도 익스퍼트는 넘어야지."

이제 다시 사냥에 집중할 때다.

내가 잡아야 할 두더지 같은 모습을 한 몬스터들. 앞쪽에 또 한 무리가 보인다.

"이번엔 얼음땡 놀이로 가볼까?"

한동안 불과 뇌전, 신성 속성을 사용했으니 이제는 좀 색다르게 얼음과 암흑 속성을 이용해 몰이사냥을 해볼 생각이었다.

스킬, 빙계 마법, 아이스 에로우(Ice Arrow) 다연발(多連發)!!

스킬, 암흑 마법, 소울 포이즌(Soul Poison)!

수십 발의 아이스 에로우를 난사하며 그 화살에 광범위한 하급 저주 마법을 곁들였다.

둘 다 하급 마법이었지만 동시에 두 가지가 한꺼번에 발동하며 그 위력은 상당해졌다.

파파파팟!

허공을 수놓은 하얀 얼음 조각.

다크 우드에 때 아닌 한파가 몰아쳤다.

＊　　　＊　　　＊

이 던전에서 폐관수련을 한 지 벌써 27일(게임 시간), 한 달이 다 되어간다.

다크 우드에는 특별한 비밀 같은 건 없었다.

기껏해야 저렙 던전이었기에 그런 게 있으면 그게 더 이상했을 것이다.

비밀은 없지만 아직 한 가지 남아 있는 건 있었다.

모든 던전에 무조건 존재하는 던전 보스(Boss).

대부분 네임드 몬스터가 던전 보스인 경우가 많았지만 가끔은 특별한 던전 보스들도 존재했다.

다크 우드는 평범한 네임드 몬스터 쪽에 속했다.

내 기억으로는 이곳의 보스몬스터는 그레이트 레드 웜(Great Red Worm)이었다.

레드 웜 중에서 특별나게 큰 그레이트 레드 웜.

레벨이 아마 한 65 정도 되는 네임드 몬스터일 것이다.

그 정도 네임드 몬스터라면 50~60 레벨의 유저들 일곱 명 정도가 파티를 해서 잡는 게 맞았다.

현재 내 레벨은 58.

보통의 경우라면 무조건 잡는 걸 포기해야 했지만 내가 누구인가?

나라면 가능했다. 조금 힘들겠지만 충분히 가능성이 높았다. 결정적으로 이동 속도가 그리 빠르지 않고 자신이 지키는 일정 지역 이상을 벗어나지 않았기 때문에 큰 위험은 없을 것으로 예상되었다.

물론 그렇다고 방심은 절대 금물이었다.

"후딱 잡고 다음에 생각해 둔 장소로 이동해야겠군."

어차피 이제 3층에서의 사냥도 거의 다 정리되었다.

솔직히 27일 동안 던전에서 거두어들인 수입은 생각보다 좋지 않았다.

보너스 획득률까지 있었는데 겨우 유니크(보라색) 신발 하나 건진 것이 다다.

레어는 몇 개 구했지만 옵션이 다 별로다.

세트 레어라도 구했으면 모를까 영 마음에 들지 않았다.

그나마 레벨이 잘 올랐기에 만족하는 거지, 아니었으면 아마 중간에 이 던전에서 나갔을지도 몰랐다.

> **이름 모를 용사의 판금 장화**(유니크[Unique])〈판금〉.
>
> 어느 이름 모를 용사가 남긴 신발. 안쪽에 XXX기사단 단장 로XXX라고 적혀 있다. 판금 신발이지만 굉장히 가볍고 뭔가 신비로운 기운이 느껴진다.
>
> 능력:내구도[500/500], 방어력[70], 힘[10], 민첩[10], 매력[10], 마법 방어[5].
>
> 특이 사항:경량화 마법과 보존 마법이 걸려 있어 실용성이 아주 뛰어나다.

지금 내 레벨에서는 무척 좋은 신발이었다.

특히 판금이라 나에게 딱 어울렸다. 내 직업은 특별히 방어구 제한이 존재하지 않았다.

그리고 근력 또한 최고 수준이었기에 판금 종류의 갑옷을 입는 건 전혀 문제가 없었다.

이 신발은 대체적으로 마음에 들었다. 단 한 가지만 제외하면……

"도대체 신발에 보존 마법을 왜 건 거야?

보존 마법 같은 것을 걸 시간에 근력 추가 마법 같은 것을 걸어놨으면 실용성 면에서 얼마나 더 좋은가?

경량화 마법이야 뭐 가벼우면 아무래도 민첩 보정—자신이 지니고 있는 장비의 무게에 따라 민첩이 마이너스 된다—에 영향을 미치니 어느 정도 실용성이 있었지만 보존 마법은 실용성 면에서는 완전 꽝이었다.

"거기다가 결정적으로 이놈의 보존 마법 때문에 너무 튀는 신발이 되었잖아."

내가 더 마음에 안 드는 건 이 점이었다.

반짝반짝 빛나는 유니크 판금 장화.

이건 대충 봐도 '나 좀 비싼 장화요!' 하고 광고하는 꼴이었다.

괜히 사람들 주목을 받는 건 별로 좋지 않다.

늘 말하지만 앞에 나서면 꼭 먼저 공격당하게 되어 있었다.

"쳇, 사람들 많은 지역으로 갈 때는 갈아 신어야겠네."

아무리 옵션이 좋아도 원칙은 원칙이었다.

어쨌든 건진 게 이 판금 장화 하나다 보니 보스 몬스터에서는 꼭 뭔가 하나를 건져야겠다는 생각을 할 수밖에 없었다.

"아함~ 일단 오늘은 여기다 안전 지역을 설정하고 로그아웃해야 하나?"

살짝 피곤함을 느낀 나는 보스 몬스터 공략은 내일로 미뤄야겠다고 생각했다.

아직 접속 제한 시간까지는 한참 남았다. 하지만 지금은 제한 시간 때문이 아니라 피곤함을 좀 풀기 위한 로그아웃이었다.

던전에 들어온 이후로 계속 조금도 쉬지 않고 접속 제한 시간을 풀로 채우면서 세임을 했더니 살짝 피곤한 게 사실이었다. 철인(鐵人)이 아닌 이상 일정한 휴식은 분명 동반되어야 했다.

철컥!

결계석 네 개를 꺼내 든 나는 천천히 안전 지역을 설정하기 시작했다.

바로 그때!

안전 지역을 설정하던 나의 움직임을 멈추게 하는 이상한 감각이 내 몸으로 전해졌다.

흠칫.

그것은 내가 익힌 헌터 스킬 중 정밀 촉각(패시브 스킬) 때문에 느낄 수 있는 아주 미세한 떨림이었다.

"어라?"

난 잠깐 행동을 멈추고 자리에 주저앉았다.

스킬 조합, 헌터 스킬, 감각 개방(感覺開放)+마법 기본 스킬, 정신 집중.

오감증폭(五感增幅)!!

난 유명한 헌터라면 누구나 익히고 있던 대표적인 스킬 조합인 오감증폭을 사용했다.

콰앙!

던전 내부의 떨림이 느껴지며 소리가 들렸다.

"누군가 던전에 있다!"

이건 분명 유저들이 몬스터와 싸우는 소리였다.

우려했던 일이 발생했다. 미래가 바뀌었다. 원래 이 시기에 이곳이 발견되는 일은 없었다. 혹시 전생에서 내가 모르게 먼저 발견한 이들이 있었고, 그들이 등록을 안 했을 수도 있었지만 그럴 가능성은 적었다. 지금 이 시기의 유저들의 대부분은 던전을 발견하고 등록을 한 후 명성을 얻는 게 더 좋다고 생각했기 때문이다.

그런 여러 가지 요건을 감안했을 때 이곳은 적어도 몇 개월은 더 지나야 발견될 던전이었다.

"젠장!"

예상했던 일이지만 그래도 약간은 당황스러웠다. 내가 존재하는 이상 미래가 바뀔 수밖에 없다는 것은 예전부터 인지하고 있었지만 그렇다고 내가 준비할 수 있는 건 딱히 별로 없었다.

가장 좋은 방법은 그때그때 임기응변으로 최선을 다하는 것이었다.

어쩌겠는가? 바뀐 미래는 나도 모르는 미래인 것을.

"로그아웃은 나중으로 미뤄야겠군."

여기서 로그아웃을 했다간 내가 마지막으로 아껴두었던 먹이 하나, 던전 보스를 빼앗길 위험이 있었다.

던전 보스의 리셋 시간은 각각의 던전마다 달랐지만 최하가 게임 시간으로 6일이었다.

일단 다른 유저들과 나의 거리는 대략 직선거리로 200m 정도였다. 하지만 이곳은 굴곡이 좀 있는 나무 동굴 안이었고, 그들은 내가 있는 곳까지 오려면 리스폰(Respawn)된 몬스터들을 잡고 와야 하니 시간적으로 대략 10분 정도 여유가 있었다.

10분이라면 보스를 먼저 혼자 잡아버리기에는 너무 짧은 시간이었다.

"평계를 만들어야겠군."

일단 저들보다 먼저 사냥을 할 수 없다면 다른 수를 써서 던전 보스를 잡는 걸 방해해야 했다.

제일 좋은 방법은 아예 던전 보스에게 덤벼들 엄두가 안나 게 겁을 주는 것이었다.

그렇게 포기라도 하게 해야 했다. 가뜩이나 수입도 안 좋았 던 던전에서 던전 보스까지 누군가에게 뺏긴다는 건 너무도 가슴 아픈 일이었다.

"일단 모두 비공개 모드로 바꾸고……."

'ONE' 은 원래 기본적으로 서로 간의 정보를 절대 알 수 없 다. 하지만 같이 파티를 맺게 되는 경우에는 파티 옵션을 통 해 상대방의 정보를 어느 정도까지는 확인할 수 있었다.

난 만약을 위해 그 정보 공개 설정을 모두 비공개로 바꾸었 다. 사실상 대부분의 유저들은 정보를 잘 공개하지 않는다. 몇몇 자랑하기 좋아하는 유저들을 제외하고 나면 남들에게 자신의 모든 것을 보여주고 싶어하는 바보 같은 유저는 거의 없었다.

이렇게 해놓은 이상 저들이 알 수 있는 건 그저 내 겉모습 을 통한 정보뿐이었다.

겉모습이라고 해봤자 별거없었다. 난 이미 플레이트 아머 세트와 위장용 로브로 몸을 다 가리고 있었고, 머리에도 플레 이트 헬멧을 쓰고 있었기 때문에 사실상 저들이 볼 수 있는 건 튼튼한 검사 장비를 풀 세트으로 착용하고 있는 한 명의 유저일 뿐이었다.

그렇다면 이름이 문제가 될까?

아니다. 이름은 오히려 더 문제가 되지 않았다.

'ONE'은 NPC든 유저든 보통의 게임처럼 친절하게 머리 위에 이름이나 아이디가 떠 있는 그런 평범한 게임이 아니었다.

원래 이름(아이디)은 자신 스스로 밝히지 않으면 알 수가 없었다.

그렇기 때문에 유저가 마음대로 지어낸 가명으로도 충분히 게임이 가능했다.

괜히 무한의 자유도를 가진 게임이라고 불리는 게 아니었다. 좀 악의적인 활용이 가능한 시스템이건만 이 시스템은 끝까지 조금도 변하지 않을 것이다.

당연히 나쁜 의도로 가명 플레이를 하는 이들이 많았다. 하지만 많은 유저들이 그건 그것대로 롤플레잉의 의미가 담겨 있다고 말했다.

속이는 자가 나쁜 게 아니라 속은 자가 나쁘다나?

별 이상한 말이었지만 어차피 DH소프트는 이런 걸 세심하게 배려해 주는 곳이 아니었기에 사람들은 알아서 각자 가명 플레이를 즐기며 또한 그것을 경계했다.

어쨌든 나는 대충이나마 정보를 비공개 설정으로 해놓은 이유에 대해서도 생각해 두었다. 그들도 비공개로 플레이하고 있을 가능성이 높은 상황이라 어차피 물어보지도 않겠지만 그래도 준비는 해둬야 했다.

"일단 살짝 전투 흔적을 남겨주고……."

내 특기가 무엇인가?

마법이면 마법, 검술이면 검술, 못하는 게 없는 나 아닌가? 여러 가지 스킬을 골고루 사용해서 대략 일곱 명 정도의 파티가 큰 전투를 벌인 것처럼 꾸몄다.

전투 흔적은 대략 한 시간 정도가 지나야 자동으로 소멸되기 때문에 그들이 올 때까지는 충분히 유지되리라.

"이제 기다리면 되겠군."

대충 준비를 끝낸 나는 계속해서 가까워지고 있는 손님들 쪽을 바라보며 침착하게 벽에 기대고 앉았다.

왠지 지친 모습을 연출하기에는 이게 최고의 모습이었다.

"흐음~ 이게 뭐 하자는 짓이냐. 그냥 던전 보스를 포기할까?"

갑자기 살짝 귀찮아졌다.

여기서 이걸 포기해도 나에겐 큰 타격은 아니었다. 단지 좀 아까울 뿐이었다.

하지만 이렇게 준비까지 하고 포기할 수는 없었다.

이왕 이렇게 된 거, 아카데미 주연상 급은 안 되어도 조연상 급은 되는 연기가 무엇인지 보여줘야 할 시간이었다.

그들은 여섯 명이었다.

그들을 딱 보는 순간 견적이 나왔다.

레벨은 대략 45~50 사이. 대충 중간에 동료를 한 명 정도 잃은 것 같았고, 여기까지 온 것만으로도 꽤 무리를 한 느낌이었다.

이런 유저들이라면 굳이 겁을 줄 필요도 없을 것 같았다.

"그러니까, 이 밑으로 들어가면 바로 던전 보스가 있다는 겁니까?"

"예. 그레이트 레드 웜이라고, 무시무시한 놈입니다. 휴~ 저희도 그놈한테 다 당했습니다. 저만 재수가 좋아서 살아남았는데… 일행이 다시 올 것을 대비해서 여기다 안전 지역을 펼쳐 놓고 로그아웃을 하려고 했습니다."

여기서는 최대한 순진한 척 말해주는 게 포인트였다.

"흐음, 상당히… 고생하셨나 보군요."

일행 중 리더로 보이는 마법사는 주변의 흔적을 둘러보며 고개를 끄덕였다.

"간신히 이 위까지 후퇴한 후 입구를 막아서 살았습니다. 조금만 후퇴가 늦었어도 무조건 전멸이었죠. 사실 뭐, 전멸이나 마찬가지지만……."

너무 안타깝다는 말투, 동료들에게 미안함을 느끼고 답답해하는 것 같은 말투. 이 부분에서는 요게 중요했다.

귀찮았지만 일단 하기로 마음먹었으니 최대한 자연스러운 연기를 보여줄 필요가 있었다.

"이 던전이 생각했던 것보다 난이도가 높나 봅니다. 며칠 전에 근처를 지나다 이상한 흔적을 발견해 그것을 추적하다가 아주 우연히 이 던전을 발견했습니다. 저희 파티가 처음 발견한 던전이라 호기롭게 전진을 계속했는데 너무 무리해서 전진했는지 여기까지 오면서 한 명의 동료를 잃었습니다."

이상한 흔적? 내가 흔적을 남겼나?

나름대로 흔적을 지우고 입구도 잘 숨겼다고 생각했는데 실수가 있었던 것 같다.

아니면 이 파티의 헌터 계열 유저가 주의력이 아주 높은 이일 수도 있었다. 가능성은 여러 가지였다. 하지만 어쨌든 이들은 내 예상보다 빨리 다크 우드를 발견했고, 지금 이렇게 내 앞에 서 있었다.

'그저 재수가 좋았다고 생각하는 게 좋겠군.'

대충 생각을 정리한 나는 다시 그들을 둘러보며 하던 일을 계속하였다.

그들은 역시 원래 일곱 명으로 이루어진 풀 파티였었다.

풀 파티를 유지했어도 던전 보스를 잡는 게 쉽지 않아 보이는 파티였다. 지금의 이들이라면 분명 던전 보스를 포기할 것 같았다.

"그럼 일단 어떻게 할 생각이십니까? 전 이렇게 된 바에 로그아웃을 하고 오프라인에서 연락을 해볼 생각인데……."

당연히 거짓말이다.

난 이들이 후퇴하는 모습을 보고 로그아웃을 할 생각이었다. 사실 이들의 구성이나 상태로 봤을 때 지금 그냥 로그아웃해도 이들은 절대 던전 보스를 못 잡을 것 같았다.

하지만 뭐든지 확실한 게 좋았다.

"저희도 일단……."

마법사는 주변을 두리번거리며 대답을 하다 갑자기 말을 멈췄다.

'음?'

난 그 순간 마법사의 눈빛을 놓치지 않았다. 아주 짧은 순간 살짝 드러난 눈빛이었지만 난 그것을 정확하게 포착했다.

"흠흠, 잠시만 기다려 주시겠습니까? 아무래도 이런 일은 파티원들과 상의를 하는 게……."

분명 마법사의 말은 틀리지 않았다.

당연히 이런 일은 혼자 결정할 게 아니었다.

하지만 지금 난 이미 마법사의 시커먼 속마음을 한눈에 다 꿰뚫어 보았다.

어리석었다.

감히 누구 앞에서 수작을 부린단 말인가?

내가 이 게임을 한 시간이 전생까지 합치면 벌써 현실로 9년이 다되어간다.

게임 속에서 보낸 시간만 해도 20년이 훌쩍 넘는다.

아주 찰나의 순간 보인 눈빛이었지만 난 분명 그 눈빛에 숨어 있는 의미를 읽었다.

'아주, 이것 봐라? 이것들, 설마 알 빼먹기 팀인가?'

알 빼먹기.

다른 말로 '등 떠밀기'라고도 불리는 수법.

느낌상 중간에 죽었을 그 한 명의 동료도 알 빼먹기에 당한 것 같았다. 설사 처음엔 그러려는 의도가 아니었다고 해도 분명히 마지막에는 알 빼먹기를 했을 놈들이다.

알 빼먹기의 방법은 간단했다.

일단 제물이 될 한 명의 유저를 선택한 후 그를 제외한 다른 모든 파티원들이 한통속이 된다. 그리고 제물이 될 유저와 함께 던전 같은 특수한 지역으로 간다.

PvP 존을 제외해도 유저가 죽었을 때 아이템을 떨어뜨릴 수 있는 특수 지역은 많았다. 당장 던전들만 해도 거의 다 특수 지역이었다.

얻는 것이 많은 만큼 위험이 커야 한다. 이건 'ONE'에서 늘 강조되는 법칙이었다.

그렇기에 던전 같은 곳에서는 늘 조심해야 했다. 괜히 많은 유저들이 던전에서는 무조건 파티 사냥을 해야 한다고 말하는 게 아니었다.

다 이유가 있었다.

여하튼 그렇게 제물을 던전까지 데리고 오면 거의 일은 끝났다고 봐야 했다.

다음은?

그냥 제물이 죽는 걸 구경만 하면 된다.

힐을 주지 않는다던지, 아니면 노골적으로 몬스터의 공격을 그쪽으로 집중되게 만들던지, 어떻게 해서라도 죽게만 만들면 되었다.

그럼 알아서 아이템을 떨어뜨린다.

물론 뭘 떨어뜨릴 줄은 모른다. 하지만 뭐라도 떨어뜨리면 남은 파티원들이 그걸 주워가 버린다.

혹시라도 좋은 아이템을 떨어뜨리면 대박이고 쓰레기 잡템을 떨어뜨리면 그냥 대충 아쉬워하면 끝이었다.

알 빼먹기를 주로 하는 놈들은 별별 핑계를 다 만들어서 가명으로 파티를 구성한다.

그래서 노련한 유저들은 초보 유저들에게 가명으로 된 낯선 유저들과의 파티 플레이는 삼가라고 경고를 해주곤 했었다.

이들은 분명 나를 잘 차려진 밥상쯤으로 보고 있을 것이다.

특히 순간적으로 내 발 쪽을 보았던 마법사의 눈빛을 난 확실히 기억한다.

한눈에 봐도 레어급 이상은 되어 보이는 부츠.

저들의 눈에는 아마 내가 보물 상자처럼 보일 것이다.

어쩌면 벌써 기도라도 하고 있을지 몰랐다.

제발 부츠를 떨어뜨리게 해달라고, 아니면 그에 상응하는 다른 아이템이라도……. 눈에 훤히 보였다.

'아마 나에게 한번 같이 던전 보스를 잡아보지 않겠냐고 제안하겠지?'

다 예상이 됐지만 조용히 그들이 하는 짓을 지켜보았다. 상의를 끝낸 마법사는 나를 향해 다가와 천천히 입을 열었다.

"흠흠… 라이데커님, 잠시 상의를 해봤는데… 저희 파티원들이 한 번만이라도 던전 보스를 공략해 보고 싶어하네요. 혹시 폐가 안 된다면 저희를 좀 도와주실 수 있나요? 마침 저희 파티에 탱커가 부족한데……. 사례는 톡톡히 하겠습니다. 만약 잡지 못한다고 해도 저희끼리 돈을 걸어서 라이데커님에게 드리겠습니다."

역시나 내 예상은 정확하게 맞았다.

라이데커는 내가 사용하는 가명이었다.

이들은 지금 나를 낚기 위해 근사한 미끼까지 던지고 있었다.

여기에 낚이면 바로 알 빼먹기에 당하는 것이었다.

"흐음, 알겠습니다.. 도와드리죠."

나는 낚였다.

아니, 정확하게 말하자면 낚여주었다.

"정말이십니까? 감사합니다! 저흰 당연히 거절하실 줄 알았습니다."

허리를 거의 90도 각도로 꺾으며 인사까지 하는 놈들을 보며 터져 나오는 웃음을 억지로 참았다.

'애쓴다, 애써.'

알 빼먹기는 게임이 서비스되고 초반에 성행했던 비매너 플레이였다. 시기상 딱 이때 즈음이 알 빼먹기가 최고로 극성을 부릴 때가 맞았다.

전생에서도 알 빼먹기로 유명한 팀이 몇 있었다.

물론 이 시기는 당시 내가 'ONE' 에 별로 관심을 두지 않고 있었던 시기이기 때문에 그 팀들에 대해서는 잘 알지 못했다.

'혹시 이 녀석들도 그 유명했던 팀 중 하나 아냐?'

가능성은 충분히 있었다.

"자, 그럼 들어가 보죠. 이거 정말 기대되네요. 전 필드 보스는 몇 번 봤어도 던전 보스는 오늘 처음 보는 겁니다."

괜히 바람 잡는 몇 명의 유저들.

하아, 이거 속아주는 것도 힘든 일이다.

"자, 모두 파이팅!"

어처구니없는 파이팅 구호까지 등장했다.

'하아, 어쩌다가 게임에서 제일 먼저 파티를 맺게 된 유저가 겨우 이런 쓰레기들이 된 거지? 내 인생도 참 기구하구나.'

물론 정상적인 인생을 동경하는 건 아니었다. 하지만 처음부터 이런 놈들과 인연을 맺을 줄은 전혀 예상하지 못했다.

'하긴 뭐… 다시 한 번 사는 인생인데 평범하면 재미가 없겠지? 후훗.'

그렇다. 즐기면 되는 것이다. 막간의 여흥? 그쯤으로 생각하면 딱 좋을 것 같았다.

난 살며시 고개를 숙이고 슬쩍 웃었다.

사악한 미소.

아마 이들이 이 미소를 보았다면 깜짝 놀랐을 것이다.

하지만 이들은 볼 수 없었다.

이미 나를 속였다는 것에 들떠 내가 무슨 아이템을 떨어뜨릴지 상상의 나래를 펼치고 있는 이들에게 나를 살펴볼 꼼꼼함 같은 건 존재하지 않았다.

'자, 그럼 이제부터 내가 한번 알 빼먹기를 해볼까?

난 소심하게 여섯이 한 명을 등쳐먹는 짓 같은 건 못한다.

대신 혼자서 여섯을 등쳐먹는 건 할 수 있다.

'던전 보스랑 저 녀석들이랑 어떤 녀석이 더 좋은 아이템을 떨어뜨릴까?

이것도 고민이라면 고민일까?

그그그긍!

던전 4층으로 가는 문이 열리는 것을 보며 난 가볍게 목례를 했다.

'감사히 먹겠습니다.'

하늘에 하는 감사 인사였다.

하늘에서 뚝 떨어진 간식에 대한 감사 인사. 사람은 자고로 공짜로 무엇을 얻었을 땐 이렇게 감사를 할 줄 알아야 했다.

뛰는 놈 위에는 나는 놈, 나는 놈 위에는 더 높이 나는 놈이 있는 법.

이들은 오늘 임자를 만났다.

'쓰읍, 다 죽었다고 복창해!'

여유로운 웃음과 함께 던전 보스 방으로 걸어 들어가는 나. 이들은 알까? 자신들이 맛있는 먹이로만 생각한 내가 사실은 자신들을 한입에 삼켜줄 포식자라는 것을.

뒤바뀐 포식자와 먹이의 관계. 아마 이들은 그것을 곧 알 수 있게 될 것이다.

『더 로드』 2권에 계속…

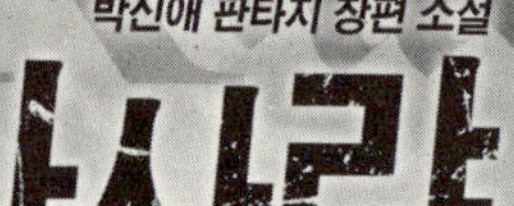

AZURiel
박신애 판타지 장편 소설
야사라
지금 당신의 삶에 만족하십니까?
어느 날 갑자기 받게 된 다른 세계로의 초대!
하지만 그건…
참으로 황당하고 어이없는 결과를 초래하고 말았다!!
「아린 이야기」, 「정령왕의 딸」, 「선애야 선애야」의 작가
박신애의 또 다른 이야기!!
유행이 아닌 자유추구 -
WWW. chungeoram.com
Book Publishing CHUNGEORAM

은하의 계곡

무천향 武天鄕

허담 新무협 판타지 소설

뿌리를 찾아가는 목동 파소의 여행.
그 여정의 끝에서
검 든 자들의 고향 대무천향 (大武天鄕)을 만난다.

검객 단보, 그는 노래했다.

…모든 검 든 자들의 고향 무천향.
한 초식의 검에 잠든 용이 깨어나고, 또 한 초식의 검에 잠든 바다가 일어나네.
검의 흐름을 따라가다 보면 어느새, 세월도 잊어버리고, 사랑도 잊어버리고,
무공도 잊어버려…….
결국에는 자신조차 잊어버리는…….

은하의 가장 밝은 빛이 되어버린다는
그 무성(武星)들의 대지(大地).

아, 대무천향(大武天鄕)이여!

유행이 아닌 자유추구 -
WWW.chungeoram.com
Book Publishing CHUNGEORAM

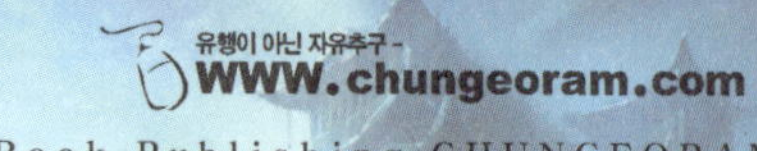

낭왕 狼王

별도 新무협 판타지 소설

살내음 나는 이야기에 여러분은 가슴 졸인 적이 있는가?
남들이 볼까 두려워하며 책을 가리면서 읽었던 구절을 몇 번이나 반복하며
읽은 적이 없는가?

구무협의 향수를 그리워하던 별도가 결국은
〈무협의 르네상스〉를 부르짖으며 직접 자판 앞에 앉았다.

"제가 무협을 쓰기 시작한 이유는 더 이상 읽을 책이 없었기 때문입니다."

모든 일은 4년 전부터 시작되었다.
살인사건을 배경으로 펼쳐지는 음모와 배신, 사랑과 역공작,
그리고 정사!

우리 시대의 이야기꾼, 별도의 새로운 글, 〈낭왕狼王〉!
〈천하무식 유아독존〉, 〈그림자무사〉, 〈검은여우黑心狐狸〉에
이은 그의 또 하나의 역작!

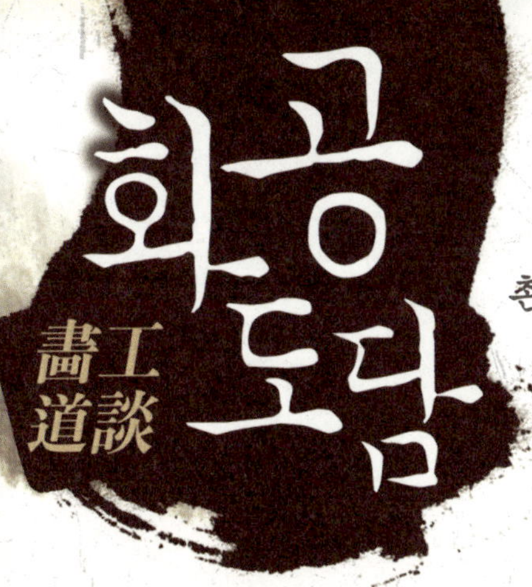

촌부 新무협 판타지 소설

예(禮)와 법(法)을 익힘에 있어
느리디 느린 둔재(鈍才).
법식(法式)에 얽매이기보다 마음을 다하며,
술(術)을 익히는 데는 느리지만
누구보다 빨리 도(道)에 이를 기재(奇才).

큰 지혜는 도리어 어리석게 보이는 법[大智若愚]!

화폭(畵幅)에 천지간(天地間)의 흐름을 담고
일획(一劃)에 그리움을 다하여라!

형식과 필법을 익히는 데는 둔하나
참다운 아름다움을 그릴 수 있게 된
화공(畵工) 진자명(陳自明)의 강호유람기!

미친 바람이 동해에서 불기 시작했다!
둥지를 떠난 광룡(狂龍)이 강호에 나타났다!

내가 가고 싶은 대로 간다.
내가 하고 싶은 대로 한다.
누구도 내 앞을 막지 마라!

한겨울, 마침내 광룡의 전설이 시작되고,
천하가 광룡과 빙심에 뒤집어졌다!

유행이 아닌 자유추구─
WWW.chungeoram.com
Book Publishing CHUNGEORAM